奎文萃珍

雪窗譚异

上册

〔明〕佚名 編

文物出版社

圖書在版編目（CIP）數據

雪窗譚异 / (明) 佚名編. -- 北京 : 文物出版社, 2024. 9. -- (奎文萃珍 / 鄧占平主編). -- ISBN 978-7-5010-8507-1

Ⅰ. I242.1

中國國家版本館CIP數據核字第20245R079R號

奎文萃珍

雪窗譚异 〔明〕佚名 編

主　　編：鄧占平
策　　劃：尚論聰　楊麗麗
責任編輯：李子裔
責任印製：王　芳

出版發行：文物出版社
社　　址：北京市東城區東直門内北小街2號樓
郵　　編：100007
網　　址：http://www.wenwu.com
郵　　箱：wenwu1957@126.com
經　　銷：新華書店
印　　刷：藝堂印刷（天津）有限公司
開　　本：710mm×1000mm　1/16
印　　張：57
版　　次：2024年9月第1版
印　　次：2024年9月第1次印刷
書　　號：ISBN 978-7-5010-8507-1
定　　價：300.00圓（全二册）

序言

《雪窗譚异》，又作《雪窗談异》，四十種，編者未詳，蓋杭州地區書賈所輯，其内容爲各類志怪故事，兼收筆記及晚明清言小品數種。

按此書舊多著録爲《雪窗談异》十八卷，明楊儀編。然此著録多有不確之處，略爲考證如下。

此書卷端有書牌，篆書鎸刻『精繪出像雪窗談异』，旁鎸『何衙藏板』，其後爲楊儀《雪窗談异引》，落款爲『吴郡楊儀夢羽士題』，再後爲版畫八幅。版畫之後有『雪窗談异目録』，開列十八卷。每卷所收故事，除第一卷外，其餘十七卷目録下均注明出某書，如目録卷二下注『出桂苑』，卷三下注『出語怪』等。然其書内文中并無分卷信息，每種子目均另起頁碼。

從内文來看，這并非是一種名爲《雪窗談异》的書，而是一部收録各類志怪筆記及清言小品的小叢書。

就其目録而言，除目録中第一卷對應第一種《雪窗談异》外，其他卷均標明出某書，且這些書既有前代筆記，亦有明代之書。考書前楊儀《雪窗談异引》云：『邇居燕邸，文字交游多名流佳士，歲暮積雪，往往相過，勞苦所舉，皆足拓人胸懷，益知造物之難，測局方之爲鄙也。録成以代掃雪，一矜僵卧人耳。』可見《雪窗談异》一書所收本爲楊儀友朋所傳故事，與全書收録前人筆記的做法不符。因此，楊儀《雪窗談异引》應當只是全書第一種《雪窗談异》的序言，并非全書之序言。以此推之，全書之總名也并非書牌上所寫的『雪窗談异』。但因全書并無其他總題名信息，因此姑仍著録稱之爲《雪窗談异》。

關于此書之成書過程，書中并無太多信息，但可由書内各種痕迹推測出。首先，其中所收各書，雖版式相同，但各子目均獨立成帙，未標總卷數，可見不是作爲一種書刊刻的。又考書前目録，與内文亦不能照應，如目録中之卷一，實對應内文中所收楊循吉《雪窗談异》、許默《紫花梨記》、無名氏《賺蘭亭序》、包何《賣鬼傳》四種書；内文所收祝允明《語怪》之後，有徐太室《歸有園麈談》、沈俶《諧史》、陸樹聲《病榻寤言》、屠隆《清言》四種筆記，爲目録中所無。全書之末收朱揆《諧噱録》、皇甫校《鶯聽録》、李隱《瀟湘録》等十六種書，亦爲目録所無。又其中各書題名，作者之下每種尚有校閲者，而校閲者之籍貫以署『武林』者居多，因此這些筆記很可能是由杭州地區的書坊刊刻。

結合上述現象，推測此書之成書過程如下：杭州書坊刊刻有多種志怪筆記，每種體量都不大。書坊彙印這些筆記時，其中《雪窗談异》一種有序和綉像，因此被置于全書之首。彙印這些筆記的書坊在書前編制了目録。因是彙印之本，因而全書并無固定的編次順序。山西祁縣圖書館藏有一部《雪窗談异》，除第一卷外，其餘内容與此本均不一致，可爲明證。又其目録爲書坊編制，目的是爲了彙印，因此目録與内文并不能完全照應，錯訛亦多。

此書收録各類志怪筆記、清言小品達四十種，搜羅不可謂不富。至其材料來源，亦可大略推知：其中所收前代筆記，多據《説郛》而來。而其中的明人著作，對于編刊者來説，均爲時人之書，不難獲得。書坊將這些志怪小説彙印，固然有射利的動機在裏面，但客觀上亦成爲晚明志怪類小説流傳的一個剪影，保存了不少明人所撰小型志怪筆記，頗具文獻價值。此種彙印之本，傳世頗罕，今據明刻本影印，以饗讀者。

編者

二〇二四年六月

精繪出像
雪窗談異

何衙藏板

雪牕談異引

李獻吉讀書不喜魏晉凡神奇鬼怪之說見卽棄去嗚呼何不廣也余正德嘉靖間數見邑中怪事始歎古人紀載未必皆妄天地造化之妙有無相乘終始相循夢想聲色倏忽變幻

皆至理流行特其中有暫而不能久變而不能常者人自不能精思而詳察之耳豈可謂盡謂誕妄哉邇居燕邸文字交游多名流佳士歲暮積雪往往相過勞苦所舉皆足拓人胸懷益知造物之難測局方之爲鄙也錄

成以代掃雪一矜僵臥人耳

吳郡楊儀夢羽士題

圖居一

[illegible]圖三

圖卷二

雪牕談異目錄

第一卷

第二卷 出桂苑

第三卷 出語怪

第四卷 出談言

第六卷 出昨夢

里中有三騃　呂純陽度師

海魚困知遊　猩猩故犯醉

孔雀顧惜尾　蠦蠅難出頭

第十一卷出應諧

僧在我何在　射在爭異同

盲苦執一隅　搔癢索妻子

路訴亦講學　田兒書萬字

猫號失本眞　主客詡同病

粤令性説諛　吃女卒未掩

呂生揮鬼嫗　黃氏拆脚鐺

鄭絪鐺負行　姚司馬譚妖

雪牕譚異

吳郡楊循吉輯　李孫枝閲

狄姬爲珠賣

狄氏者家故貴以色名動京師所嫁亦貴家明艷絶世然資性貞淑遇族遊羣飲澹如也有滕生者因出遊觀之駭慕喪魂魄歸悒悒不聊生訪狄氏所厚善者或曰尼慧澄與之習生過尼厚遺之日日往尼愧謝問故生曰極知不可幸萬分一耳不然且死尼曰試言之生以狄氏告尼笑曰大難大難此豈可動邪

具道其決不可狀生曰然則有所好乎曰亦無有唯
句日前屬我求珠璣頗急生大喜曰可也即索馬馳
去俄懷大珠二囊示尼曰直二萬緡願以萬緡歸之
尼曰其夫方使北豈能遽辦如許償邪生亟曰四五
千緡不則千緡數百緡皆可又曰但可不顧一錢也
尼乃持詣狄氏狄氏果大喜玩不已問須直幾何尼以萬
緡告狄氏驚曰是纔半直爾然我未能辦奈何尼因
屏人曰不必錢此一官欲祝事耳狄氏曰何事曰雪
失官耳夫人弟兄夫族皆可為也狄氏曰持去我徐

恩之尼曰彼事急且投他人可復得此邪姑留之明
明旦來問報遂辭去且以告生生益厚餉之明日復
往狄氏曰我爲營之良易尼曰事有難言者二萬緡
物付一禿媪而寄主不相問使彼何以爲信狄氏曰
奈何尼曰夫人以設齋來院中使彼若邂逅者可乎
狄氏頳而搖手曰不可尼慍曰非有他但欲言雪官
事使彼無疑耳果不可我不敢强也狄氏乃徐曰後
二日我亡兄忌日可往然立語亟遣之尼曰固也尼
歸及門生已先生在詰之具道本末拜曰儀秦之辨

不加於此矣及期尼爲治齋具而生匿小室中具殽僕之脯時狄氏嚴飾而至屏從者獨攜一小侍兒見尼曰其人來乎曰未也唄祝畢尼使童子主侍兒引狄氏至小室搴簾見生及飲具大驚欲避去生出拜狄氏答拜尼曰郎君欲以一卮爲夫人壽願勿辭生固頎秀狄氏頗心動睇而笑曰有事第言之尼固挽使坐生持酒勸之狄氏不能卻爲釂卮即持酒酬生生因徙坐擁狄氏曰爲子且死不意果得子擁之即幃中狄氏亦歡然恨相得之晚也比夜散去猶徘

徊顧生挐其手曰非今日幾虛作一世人夜當與子
會自是夜輙開垣門召生無闕夕所以奉生者靡不
至惟恐毫絲不當其意也數月狄氏夫歸生小人也
陰計巳得狄氏不能棄重賄伺其夫與客坐遣僕入
白曰某官嘗以珠直二萬緡賷第中久未得直且訟
于官夫諤眙入詰狄氏語塞曰然夫督取還之生得
珠復遣尼謝狄氏我安得此貸于親戚以動子耳狄
氏雖恚甚終不能忘生

滁婦奏金調

溧陽馬一龍者新領解北上過滁陽邸宿見店主人家當罏媍麗甚馬見之消魂蕩思乃前揖主人曰若婦美而艷自是將來貴人何不許我我將介蹇修求之可乎主人笑曰客癡矣此我媳也何得妄言馬遂因酒狂宛轉哀懇主人復笑曰若備禮財黃金千吾許從公盍見馬行李蕭然故誑之耳馬欣諾與盟而退明日辭主人行十餘里向關津乃解鞍踟躕遇公車必揖于前曰余溧陽馬一龍也適在邸有一詿誤非千金不解公輩念同袍能解囊假數金乎唯命時

公車四方湊集且聞馬奇才新舉首無不願納交進金於是不數日千金數滿矣馬奉金率輿從還過店主人進金請婦行主人乃大笑曰向我戲若耳豈眞有若事而以千金賣媳者乎馬未及答而其媳從內靚妝而出拜主人翁曰既爲公媳公安得以媳爲戲媳自此何面目復爲翁媳乎請從客行踐翁之盟時馬僕從甚都一擁而去莫敢誰何主人有駭歎而已

美男假朱粉

典元民有得闌遺小兒者育以爲子數歲美姿首民

夫婦計曰使女也教之歌舞獨不售數十萬錢邪婦曰固可詐爲也因納深屋中節其食飲膚髮腰步皆飾治之比年十二三嫣然美女子也携至成都教以新聲又絕警慧益秘之不使人見人以爲奇貨里巷民求爲妻不可曰此女當歸之貴人於是女僧及貴游好事者踵門一覿面輒避去猶得錢數千謂之看錢久之有某通判者來成都一見心醉要其父必欲得之與直至七十萬錢數售既成券喜甚置酒與客飲使女歌侑酒夜半客去擁而致之房男子也大驚

遣人呼其父母則遁去不知縱跡告官召捕之亦卒不獲

情女錯鴛鴦

崇寧中有王生者貴家之子也隨計至都下嘗薄暮被酒至延秋坊過一小宅有女子甚美獨立于門徘徊徙倚若有所待者生方注目忽有騶騎呵衛而至下馬於此宅女子亦避去匆匆遂行初不暇問其何姓氏也抵夜歸復過其門則寂然無人聲循墻而東數十步有隙地丈餘蓋其宅後也忽自內擲一瓦出

拾視之有字云夜於此相候生以墻上剩粉戲書尾背云三更後宜出也復擲入焉因稍退十餘步伺之少頃一男子至周視地上無所見微嘆而去既而三鼓月高霧合生亦倦睡欲歸矣忽墻門軋然而開一女子先出一老媪負笥從後生遽就之乃適所見立門首者熟視生愕然曰非也回顧媪媪亦曰非也將復入生挽而刼之曰汝爲女子而夜與人期至此我若洩諸官醜聲一出辱汝門戶我邂逅遇汝亦有前緣不若從我去女泣而從之生携歸逆旅匿小樓中

女自言曹氏父早歿獨有巳一女母鍾愛之爲擇所歸女素悅姑之子某欲嫁之使乳媪達意於母母意以某無官弗從遂私約相奔墻下微嘆而去者當是也生旣南宮不利遷延數月無歸意其父使人詗之頗知有女子偕處大怒促生歸扃之別室女所齎甚厚大半爲生費所餘與媪坐食垂盡遂隸樂籍易姓名爲蘸媛生游四方亦不知女安否數年自浙中召赴闕過廣陵女以倡侍燕識生生亦訝其似女屢目之酒半女捧觴勸不覺兩淚墮酒中生悽然曰汝何

以至此、女以本末告、淚隨語零、生亦媿歎流涕、不終

席、辭疾而起、密召女納爲側室、

紫花梨記

唐 許默撰 武林胡濳閲

清泰中薄遊京輦曾與盧泳巡官鄭扆博士僧季雅及三五知友夜會於越波隄僧院是時清秋欲杪明月方高句聯五字之奇酒飲八仙之美𥟖新紅脯茗醶緑芽一詠一觴或醒或醉座上因相與徵引古今遂及果實之事有序及紫花梨者衆云真定有之雅公獨顰蹙而言曰此微僧先祖之遺恨衆驚而問之雅曰昔武宗皇帝御天下之五載萬國事殷聖情不

懌忽患心熱之疾名醫進藥厥疾罔瘳遂博詔良能遐徵和緩時有言青城山邢道士者妙於方藥帝即召見之道士以肘後綠囊中青丹兩粒及取梨數枚絞汁而進之帝疾尋愈旬日之内所錫萬金仍加廣濟先生之號帝從容問其丹爲何物先生曰赤城山頂有青芝兩株太白南溪有紫花梨一樹臣之昔歲曾遊二山偶獲兩寶合練成丹五十年來服食殆盡唯餘兩粒幸逢陛下服之更欲此丹湏求二物也經數月邢生辭帝歸山後疾復作再詔邢先生於青城

則不知何適也帝遂詔示天下有紫花梨卽時奏上時恒州節度太尉公王達尚壽春公主卽會昌之女弟聞眞定李令種梨數株其一紫花梨卽遣寺人就加封檢剪其旁樹匝以朱欄寶惜纖枝有同月桂當花發之時防蜂蝶之竊耗每以輕綃紗縠遠加籠罩焉守樹者不勝艱苦洎及秋實公主必手選而進之此達帝庭十得其六七帝多食此梨雖不及邢氏者亦粗解其煩躁耳是時有李遵來侍御任恒州記室作進梨表云紫花開處檀美春林縹帝懸時迥光秋

景離離玉潤落落珠圓甘不得嘗脆難勝口表逹闕下公卿見者多大笑之曰常山公何用進幾梨於天府也葢以其表有脆難勝口之字明年武宗崩公主亦相次逝此梨自後以爲貢賦之常物縣官歲久亦漸怠於寶守焉至天祐末年趙王爲明德之所纂弒其後縣邑公署多歷兵戎紫花之梨亦巳枯朽今之眞定無復繼種者焉當武宗時縣宰李公名尚郎雅之阻也嘗以守樹不謹曾風折一枝降爲兾州典午由是追感而顰慼也

附荔支

荔支之於天下惟閩粵南粵巴蜀有之漢初南粵王尉佗以之備方物於是始通中國司馬相如賦上林云荅遝離支蓋夸言無有是也東京交趾七郡貢生荔支十里一置五里一堠晝夜奔騰有毒蟲猛虎之害臨武長唐羌上書言狀詔太官省之魏文帝有西域蒲萄之比世譏其謬論豈當時南北斷隔所擬出於傳聞耶唐天寶中妃子尤愛嗜涪州歲命驛致時之詞人多所稱詠張九齡賦之以託意白居易刺忠

州既形於詩又圖而序之雖髣髴顏色而甘滋之勝
莫能著也洛陽取於嶺南長安來於巴蜀雖曰鮮獻
而傳置之遠腐爛之餘色香味之存者亡幾矣是生
荔支中國未始見之也

附蘇子瞻荔支歎

十里一置飛塵灰五里一堠兵火催顛坑仆谷相枕
藉知是荔支龍眼來飛車跨山鶻橫海風枝露葉如
新採宮中美人一破顏驚塵濺血流千載永元荔支
來交州天寶歲貢取之涪至今欲食林甫肉無人舉

觸醉伯遊我願天公憐赤子莫生尤物爲瘡痏雨順
風調百穀登民不饑寒爲上瑞君不見武陵溪邊粟
粒牙前丁後蔡相籠加爭新買寵各出意年年鬬品
充官茶吾君所乏豈此物致養口體何陋耶洛陽相
君忠孝家可憐亦進姚黃花

紫花梨記終

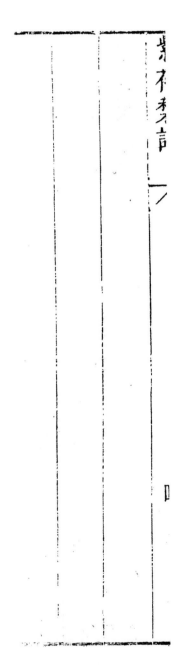

購蘭亭序

唐亡名氏撰　會稽馬權奇閱

王羲之蘭亭序僧智永弟子辯才嘗於寢房伏梁上鑿爲暗檻以貯蘭亭保惜貴重於師在日貞觀中太宗以聽政之暇銳志翫書臨羲之眞草書帖購募備盡唯未得蘭亭尋討此書知在辯才之所乃勅追師入內道場供養恩賚優洽數日後因言次乃問及蘭亭方便善誘無所不至辯才確稱往日侍奉先師實嘗獲見自師沒後薦經喪亂墜失不知所在既而不

獲遂放歸越中後更推究不離辯才之處又勅追辯
才入內重問蘭亭如此者三度竟靳固不出上謂侍
臣曰右軍之書朕所偏寶就中逸少之蹟莫如蘭亭
求見此書勞於寤寐此僧耆年又無所用若得一智
略之士設謀計取之必獲尚書左僕射房玄齡曰臣
聞監察御史蕭翼者梁元帝之曾孫今貫魏州莘縣
負才藝多權謀可充此使必當見獲太宗遂召見翼
奏曰若作公使義無得理臣請私行詣彼須得二王
雜帖三數通太宗依給翼遂改冠微服至洛潭隨商

人船下至越州又衣黃衫極寬長潦倒得山東書生之體日暮入寺廵廊以觀壁畫過辯才院止於門前辯才遥見翼乃問曰何處檀越翼就前禮拜云弟子是北人將少許蚕種來賣歷寺縱觀幸遇禪師寒温既畢語議便合因延入房内卽共圍棊撫琴投壺握槊談說文史意甚相得乃曰白頭如新傾蓋若舊今後無形迹也便留夜宿設缸面藥酒果等江東云缸面猶河北稱甕頭謂初熟酒也酣樂之後請賓賦詩辯才探得來字韻其詩曰初醞一缸開新知萬里來

披雲同落莫步月共徘徊夜久孤琴思風來旅雁哀
非君有秘術誰照不然灰蕭翼探得招字韻詩曰邂
逅欵良宵殷勤荷勝招彌天俄若舊初地豈成遥酒
蟻傾還泛心猿躁似調誰憐失羣翼長苦業風飄姸
蚩略同彼此諷咏恨相知之晚通宵盡歡明日乃去
辯才云檀越閑即更來翼乃載酒赴之興後作詩如
此者數四詩酒爲務眞俗混然經旬朔翼示師梁元
帝自畫職貢圖師嗟賞不已因談論翰墨翼曰弟子
先傳二王楷書法弟子自幼來躭翫今亦數帖自隨

辯才欣然曰明日可將來此看翼依期而往出其書
以示辯才辯才熟詳之曰是即是矣然未佳善也貧
道有一眞跡頗是殊常翼曰何帖才曰蘭亭翼笑曰
數經亂離眞跡豈在必是響搨偽作耳辯才曰禪師
在日保惜臨亡之時親付與吾付受有緒那得參差
可明日來看及翼到師自於屋樑上檻内出之翼見
訖故駮瑕指纇曰果是響搨書也分競不定自示翼
之後更不復安於伏樑上并蕭翼二王諸帖並借留
置于几案之間辯才時年八十餘每日于窗下臨學

數遍其老而篤好也如此自是翼往還旣數童弟等
無復猜疑後辯才出赴靈汜橋南嚴遷家齋翼遂私
來房前謂童子曰翼遺却帛子在床上童子卽爲開
門翼遂於案上取得蘭亭及御府二王書帖便赴永
安驛告驛長凌愬曰我是御史奉勑來此今有墨勑
可報汝郡督知都督齊善行聞知馳來拜謁蕭翼因
宣示勑旨具告所由善行走使入召辯才辯才仍在
嚴遷家未還寺遽見追呼不知所以又遣云侍御須
見及師來見御史乃是房中蕭生也蕭翼報云奉勑

遣來取蘭亭蘭亭今已得矣故喚師來相別辯才聞
語而便絕倒良久始蘇翼便馳驛南發至都奏御太
宗大悅以玄齡舉得其人賞錦綵千段擢拜翼爲員
外郎加入五品賜銀瓶一金縷瓶一馬腦碗一並實
以珠内廐良馬兩匹兼寶裝鞍轡宅莊各一區太宗
初怒老僧之秘悋俄以其年耄不忍加刑數月後仍
賜物三千段穀三千石便勑越州支給辯才不敢將
入已用迴造三層寶塔塔甚精麗至今猶存老僧因
驚悸患重不能強飯唯歠粥歲餘乃卒帝命供奉榻

書人趙模韓道政馮承素諸葛貞等四人各搨數本以賜皇太子諸王近臣貞觀二十三年聖躬不豫幸玉華宮含風殿臨崩謂高宗曰吾欲從汝求一物汝誠孝也豈能違吾心耶汝意汝何高宗哽咽流涕引耳而聽受制命太宗曰吾所欲得蘭亭可與我將去後用玉匣貯之藏于昭陵今趙模等所搨者一本尚直錢數萬出法書要錄

又

一說王羲之嘗書蘭亭會序隋末廣州好事僧有三

寳寳而持之一曰右軍蘭亭書二曰神龜以銅爲之龜腹受一升以水貯之龜則動四足行所在能去三曰如意以鐵爲之光明洞徹色如水晶太宗特工書聞右軍蘭亭眞跡求之得其他本若第一本知在廣州僧而難以力取故令人詐僧果得其書僧曰第一寳亡矣其餘何愛乃以如意擊石折而棄之又投龜一足傷自是不能行矣

購蘭亭序終

賣鬼傳

唐 包何撰 武林仲震閱

宋定伯

南陽宋定伯年少時夜行逢鬼問之鬼言我是鬼鬼問汝復誰定伯誑之言我亦鬼鬼問欲至何所答曰欲至宛市鬼言我亦欲至宛市遂行數里鬼言步行太遲可共遞相擔何如定伯曰大善鬼便先擔定伯數里鬼言卿太重不似鬼定伯言我新鬼故身重耳定伯因復擔鬼鬼略不重如是再三定伯復言我新

鬼不知鬼有何所惡忌鬼答言唯不喜人唾于是共行道遇水定伯令鬼渡聽之了無水音定伯自渡鬼復言卿何以有聲定伯曰新死不習渡水故爾將至宛市定伯便擔鬼著肩上急執之鬼大呼聲咋咋然索下不復聽之徑至宛市中下著地化爲一羊便賣之恐其變化唾之得錢千五百乃去當時有言定伯賣鬼得錢千五

殺鬼 以下附

大曆中士人韋滂膂力過人夜行不懼善騎射每以

弓矢自隨非止取鳥獸烹炙至於蛇蝎蚯蚓蟯蜈螻
蛄之類見則食之嘗於京師犇行鼓聲向絕主人尚
遠將求宿不知何詣忽見田中有移家出宅者方欲
鎖門滂求寄宿主人曰鄰家有喪俗云防殺今暫將
家口於側近親故家避之不敢相累也韋曰但許寄
宿何害殺鬼吾自當之主人遂引韋入宅開堂廚示
以牀榻滂令僕使歇馬槽上入廚具食食訖令僕夫
宿於別屋傍列牀於堂開其雙扉息燭張弓坐以俟
之至三更欲盡忽見一光如大盤自空飛下廳北門

扉下照曜如火滂見尤喜於闇中引滿射之一箭正中爆然有聲火乃掣掣如動連射三箭光色漸微巳不能動攜弓直往拔箭光物墮地滂呼奴取火照之乃一團肉四向有眼眼數開動即光滂笑曰殺鬼之言果不虛也乃令奴烹之而肉味馨香極甚煮令過熟乃切割爲虀噉之尤覺芳美乃沾奴僕留半呈主人至明主人歸見韋生喜其無恙韋乃說得殺鬼獻所留之肉主人驚歎而巳

掠鬼

廣陵法雲寺僧珉楚常與中山賈人章某親熟章死珉楚爲設齋誦經數月忽遇章於市中楚未食章即延入食店爲置胡餅既食楚問君已死那得在此章曰然吾以小罪未免今配爲揚州掠剩鬼復問何謂掠剩曰凡吏人賈販利息皆有數過常數得之即爲餘剩吾得掠而有之今人間如吾輩甚多因指路人曰某某皆是也頃之有一僧過于前又曰此僧亦是也因召至與語良久僧亦不見楚頃之相與南行遇一婦人賣花章曰此婦人亦鬼所賣花亦鬼用之人

間無所見也章則出數錢買之以贈楚曰凡見此花而笑者皆鬼也即辭告而去其花紅芳可愛而甚重楚亦昏然而歸路人見花頗有笑者至寺北門自念吾與鬼同遊復持鬼花亦不可即擲花溝中濺水有聲既歸同院人覺其色甚異以爲中惡競持湯藥救之良久乃復具言其故因相與覆視其花乃一死人手也楚亦無恙

市鬼

廣陵有賈人以栢木造牀凡什器百餘事製作甚精

其費已二十萬往建康齎之晚至瓜步遇風泊山下頃之有巨舟其中空唯篙工三人乘之亦泊於側賈人疑其爲盜也將同夜而刼我乃相與登岸入深林避之俄而風雨雷電蒙覆舟所岸上則星月了然食頃雨止雲散見巨舟稍稍前去乃敢歸舟中所載栢木什器都不復見餘物皆在巨舟猶在東岸有人呼曰爾無恨當還爾價賈人所載既失復歸廣陵至家已有人送錢三十萬置之而去問其人即泊瓜步之明日也

鬼國

朱梁時青州有賈客泛海遇風飄至一處遠望有山川城郭海師曰自遭風者未嘗至此吾聞鬼國在是得非此邪頃之舟至岸因登岸向城而去其廬舍田畝不殊中國見人皆揖之而人皆不見巳至城有守門者揖之亦不應入城屋室人物甚殷遂至王宮正值大宴羣臣侍宴者數十其衣冠器用絲竹陳設之類多類中國客因升殿俯逼王坐以窺之俄而王有疾左右扶還亟召巫者視之巫曰有陽地人至此陽

氣過人故工病其人偶來耳無心爲祟以飲食車馬
謝遣之可矣即具酒食設座於別室亟及其羣臣皆
來祀祝客據按而食俄有僕夫馭馬而至客亦乘馬
而歸至岸登舟國人竟不見已復遇便風得歸

傳終

桂苑叢談

唐　馮翊著　武林金維垣閲

張綽有道術

咸通初有進士張綽者下第後多遊江淮間頗有道術常養氣絶粒嗜酒耽碁又以爐火藥術爲事一旦覩天大哂命筆題云爭奈金烏何頭上飛不住紅爐謾燒藥玉顔安可駐今年花發枝明年葉落樹不如且飲酒莫管流年逝人以此異之不喜裝飾多歷旗亭而好酒杯也或人召飲若遂合意則索帋剪蛺蝶

三二十枚以氣吹之成列而飛如此累刻以指收之俄皆在手見者求之卽以他事爲阻常遊鹽城多爲酒困非類輩欲乘酒試之相競較力留繫是邑中醒乃述課得陳情二首以上狄令乃立釋之詩所紀惟一篇云門風常有蕙蘭馨鼎族家傳霸國名容貌靜懸秋月彩文章高振海濤聲訟堂無事調琴軫郡閣何妨醉玉觥今日東漸音尖橋下水一條從此鎮長清

自後狄宰多張之才次求其道日久延接欲傳其術張以明府勲貴家流年少而宰劇邑多聲色狗馬之

求求暇志味玄奥因贈詩以開其意云何用梯媒向
外求長生只在内中修莫言大道人難得自是行心
不到至他日將欲離去乃書琴堂而别後人多云江
南上昇初去日乘醉因以搗綱翦紙鶴二隻以水噀
之俄而翔翥乃曰汝先去吾即後來時狄公亦醉不
暇拘留遂得去其所題云張綽張綽自不會天下經
書在腹内身却騰騰處世間心即逍遥出天外至今
江淮好事者記綽時事詩極多

太尉朱崖辯獄

太尉朱崖出鎮浙右有甘露知主事者訴交代得常住什物被前主事隱用却常住金若干兩引證前數輩皆有遞相交割文字分明衆詞皆指以新得替者隱用之且初上之時交領既分明及交割之日不見其金鞫成具獄伏罪昭昭然未窮破用之所由或以僧人不拘細行而費之以是無理可伸甘之死地一旦引慮之際公疑其未盡徵以意揣之髡人乃具寔以聞曰居寺者樂於知事前後主之者積年已來空交分兩文書其寔無金郡衆以某孤立不雜輩流欲

乘此擠排之因流涕不勝其寃公乃憫而惻之曰此
固非難也俛仰之間曰吾得之矣乃立從召兜子數
乘命關連僧入對事咸遣簾子畢令門不相對命取
黃泥各令模前後交付下次金樣以憑證據僧既不
知形段竟模不成公怒令刻前輩皆一一伏罪其所
排者遂獲清雪

崔張自稱俠

進士崔涯張祜下第後多遊江淮常嗜酒侮謔時輩
或乘飲興即自稱俠二子好尚既同相與甚洽崔因

醉作俠士詩云太行嶺上三尺雪崔涯袖中三尺鐵一朝若遇有心人出門便與妻兒別由是往往播在人口崔張真俠士也以此人多設酒饌待之得以互相推許一旦張以詩上牢盆使出其子授漕渠小職得堰俗號冬瓜張二子一椿兒一桂子有詩曰椿兒遶樹春園裏桂子尋花夜月中人或戲之曰賢郎不宜作等職張曰冬瓜合出祇子戲者相與大哂後歲餘薄有資力一夕有非常人裝飾甚武腰劒手囊貯一物流血於外入門謂曰此非張俠士居也曰然張

揖客甚謹既坐客曰有一讐人十年莫得今夜獲之喜不可已指其囊曰此其首也問張曰有酒否張命酒飲之客曰此去三數里有一義士余欲報之則平生恩讐畢矣聞公氣義可假余十萬緡立欲酬之是余願矣此後赴湯蹈火爲狗爲雞無所憚張且不吝深喜其說乃扶囊燭下籌其縑素中品之物量而與之客曰快哉無所恨也乃留囊首而去期以却回及期不至五鼓絕聲東曦既駕杳無蹤跡張慮以囊首彰露且非巳爲客既不來計將安出遣家人將欲埋

之開囊出之乃豕首矣因方悟之而歎曰虛其名無其實而見欺之若是可不戒歟豪俠之氣自此而喪矣

班支使解大明寺語

太保令狐相出鎮淮海日支使班蒙與從事俱遊大明寺之西廊忽都前壁題云一人堂堂二曜重光泉深尺一點去冰旁二人相連不欠一邊三梁四柱烈火燃添却雙勾兩日全諸賓至而顧之皆莫能辨獨班支使曰一人非大字乎二曜者日月非明字乎尺

一者寸土非寺字乎點去冰旁水字也二人相連天字也不欠一邊下字也三梁四柱烈火燃無字也添却雙勾兩日全比字也以此觀之得非大明寺水天下無比八字乎衆皆恍然曰黃絹之奇智亦何異哉降歎彌日詢之老僧曰頃年有客獨遊題之而去不言姓氏

賞心亭

咸通中丞相姑臧公拜端揆日自大梁移鎮淮海政績日聞未期周榮加水土移風易俗甚洽羣情自彭

門亂常之後藩鎮瘡痍未平公按轡躬巳而治之補綴頹毀整葺壞綱功無虛日以其郡無勝遊之地且風亭月榭既巳荒涼花圃釣臺未愜深旨一朝命於戲馬亭西連玉鈎斜道開闢池沼構葺亭臺揮斤既畢犖其所芳春九旬都人士女得以遊觀一旦聞浙右小校薛陽陶監押度支運米入城公喜其姓同曩日朱崖左右者遂令詢之果是其人矣公愈喜似獲古物乃命衙庭小將代押留止別館一日公召陶同遊問及往日蘆管之事陶因獻朱崖陸鬯元白所撰

歌一曲公亦喜之卽于兹亭奏之其管絶微每於一觱栗管中常容三管也聲如天際自然而來情思寛閑公大佳賞之亦贈其詩不記終篇其發端云虛心纖質鴈銜餘鳳吹龍吟定不如於是賜賚甚豐出其二子皆授牢盆倅職初公搆池亭畢未有名因名賞心諸從事以公近諱蕐賞字有尙也公曰宣父言徵不言在言在不稱徵且非内官宫妾何避其疑哉遂不改作其亭自秦畢陷逆乃爲竄簒之地歟乎公孫弘之東閣劉屈氂後爲馬廐亦何異哉

方竹柱杖

太尉朱崖公兩出鎮于浙右前任罷日遊甘露寺因訪別于老僧院公曰弟子奉詔西行祇別和尚老僧者熟于祇接至于談話多空教所長不甚對以他事由是公憐而敬之煑茗既終將欲辭去公曰昔有客遺筇竹杖一條聊與師贈別亟令取之須臾而至其杖雖竹而方所持向上節眼鬚牙四面對出天生可愛且朱崖所寶之物即可知也別後不數歲再領朱方居三日復因到院問前時柱杖何在曰至今寶之

公請出觀之則老僧規圓而漆之矣公嗟歎再彌日
自此不復見其僧矣太尉多蓄古遠之物云是大宛
國人所遺竹唯此一莖而方者也昔者友人嘗語愚
云往歲江行風阻未得前去沿岍野步望出嶺而去
忽見蘭若甚多僧院覩客來皆扃門不內獨有一院
大敞其戶見一僧翹足而眠以手書空顧客殊不介
意友生竊自思書空有換鵝之能翹足類坦牀之事
此必奇僧也直入造之僧雖强起全不樂客不得已
而問曰先達有詩云書空蹺足睡路險仄身行和尚

其庶幾乎僧曰貧道不知何許事適者畫房門拔匙摽客不辭而出嗚呼彌天四海之談澄汰簸揚之對故附于此

杜可均却鼠

禧宗末廣陵有窮丐人杜可均者年四十餘人見其好飲絕粒每日常入酒肆巡坐求飲亦不見其醉藎自量其得所人有憐之者命與之飲三兩杯便止有姓樂者列酒旗於城街之西常許以陰雨往諸旗亭不及卽令來此與飲可均有所求亦不造矣或無所

獲必乃過之樂亦無阻一旦遇大雪請樂而求飲靚主事者白云既已齧損即須據物陪來樂不喜其說可均乃問曰何故曰有人將衣物換酒收藏不謹致鼠齧壞杜曰此間屋院幾何曰若干杜曰某弱年曾記得一符甚能却鼠即不知可有驗否請書以試之術或有驗則盡此室永無鼠矣就將符依法命焚之自此鼠蹤遂絕不知何故杜屬府城傾陷之後秦畢重圍之際容貌不改皆爲絕粒耳

李將軍爲左道所悞

護軍李將軍全阜罷淮海日寓于開元寺以朝廷艱梗未獲西歸一旦有一小校紹介一道人云能爐火之事護軍乃延而客之自此常與之善一日話及黃白事道人曰唯某頗能得之可求一鼎容五六萬已來者得金二十餘兩爲每日給水銀藥物火候足而換之莫窮歲月終而復始李喜其說顧囊有金帶可及其數以付道人諸藥既備用火之後日日親自看驗居數日覺有微倦乃令家人親愛者守之數日既滿齋沐而後開金色燦然的不虛矣李拜而信之三

日之內添換有一日道人不來藥爐一切如舊疑悞之俄經再宿初且訝其不至不得已啟爐而視之不見其金矣事及導引小校代填其金道人杳無蹤跡

沙彌辯詩意

乾符未有客寓止廣陵開元寺因友會語愚云頃年在京權寄青龍寺日見有客嘗訪寺僧屆實署屬主者忽遽不暇留連翌日復至又遇要地朝客不得展敬別時又來亦阻他事客怒色取筆題門而去詞曰

龕龍東去海時日隱西斜敬文今不在碎石入流沙

僧衆皆不能詳獨有沙彌能解之衆問其由則曰龕龍去矣乃合字也時日隱西寺字也敬文不在苟字也碎石入沙卒字也此不遜之言辱我曹矣僧人大悟追前人杳無蹤由客云沙彌乃懿皇朝文皓供奉

客飲甘露亭

有甘露寺僧語愚云吳王收復浙右之歲明年夏中夜月瑩無雲望江澄澈如畫諸徒侶悉已禪寂竟無人蹤禽犬皆息矣獨某黙黙持課時亦惜其皎月沉房廊臨江恰幽靜俄有數人自西軒而來領僕厮輩

携酒壺直抵望江亭而止皆話今宵明月江水清澄得與諸人邂逅相遇且不辜茲景矣僧竊之而思曰中夜禁行客自何來必是幽靈異人乎乃於窻際俯伏而伺之既至坐定命酒羅列果食器皿隨時所有東向一人南朝之衣清揚甚美西坐一人北虜之服魁梧疊疊北行一人逢掖之衣指東向者設禮而坐南行一人朱衣霜簡清瘦多髯飛杯之項東向者語西坐曰項羽重瞳猶有烏江之敗湘東一目寧爲四海所歸果致如是乎虜服乃笑而言曰往者賢金昆

不竪籬棘見未萌吾子豈有向來之患乎由是二客各低頭不樂南向朱衣曰時世命也知復何爲且棊又忽致此二三君子以爲何如東向者曰朝代雖姝古今一致俾公縱無滿宮多少承恩者似有容華妾也亦恐不脱此難北向逢掖衣曰此猶可也大忌者滿身珠翠將何用唯與豪客拂象牀大患此也朱衣欷歔低頭而已東向曰今日得恣縱江南之遊皆乏風流矣僕記云邑人種得西施花千古春風開不盡可謂越古超今矣酒至西行虜服曰各徵曩日臨危

一言以代絲竹自吟自送可乎衆曰可虜服乃執杯而吟曰趙壹能爲賊鄒陽解獻書可惜西江水不救轍中魚次至逢掖舉杯而歌曰偉哉横海鱗壯矣垂天翼一旦失風水翻爲螻蟻食巡至東向曰功遂侔昔人保退無智力既涉太行險茲路信難陟以至朱衣乃朗吟曰握裏龍蛇紙上鸞逡巡千幅不將難顧雲已往羅隱耄更有何人遞筆端吟罷東樓晨鐘遽鳴僧戸軋然而啟欻爾而散竟無蹤矣僧之聰慧不羣多有遺之者愚故得而錄其畧焉

崔英

崔英年九歲在秦王苻堅宮內讀書堅殿上方臥諸生皆趨英獨緩步堅恠而問之英曰陛下如慈父非桀紂君何用畏乎又問卿讀何書曰孝經堅曰有何義曰在上不驕堅爲之起更問有何義曰自天子至于庶人章上愛下下敬上堅曰卿好待十七必用卿爲大夫英曰日月可重見陛下至尊不可再覩洪恩士或可用則用何在後期堅曰須待十七必召卿也及期拜諫議大夫

高湝

高湝爲滄牧善捕賊有人失黑牛背上有白毛韋道建曰高湝捉賊無不獲矣得此可爲神湝乃詐爲州縣市牛皮不限多少倍酬其直使主認之因獲是賊

高延宗

高延宗北齊文帝之弟縱恣過度爲齊牧乃於樓上濡而使人向上張口承之又以猪肉和糞以飼左右

崔弘度

崔弘度隋文時爲太僕卿嘗戒左右曰無得誑我後

因食鱉問侍者曰美乎曰美弘度曰汝不食安知其美皆杖焉長安爲之語曰寧飲三斗醋不見崔弘度寧茹三斗艾不逢屈突蓋蓋同時虐吏也

王梵志

王梵志衛州黎陽人也黎陽城東十五里有王德祖者當隋之時家有林檎樹生癭大如斗經三年其癭朽爛德祖見之乃撤其皮遂見一孩兒抱胎而出因收養之至七歲能語問曰誰人育我及問姓名德祖具以實告因林木而生曰梵天後改曰志我家長育

可姓王也作詩諷人甚有義旨葢菩薩示化也

法慶

釋法慶煬帝時在長安先天寺造丈六夾柱像未成暴亡時寶昌寺僧大智亦卒三日而還良久云見宮殿若王者見法慶在一像前語曰法慶造像未畢何乃令我死檢簿者曰命祿俱盡像曰須成我矣可給荷葉以終其事言訖大智再生衆異之往問法慶亦話說其驗迹竟不能食每旦食荷葉一枚齋時三枚如此五年功就而卒

崔膺

崔膺博陵人也性狂少長於外家不齒及長能文首出衆子作道旁孤兒歌以諷外氏其文典而美常在張建封書院憐其才引爲上客善爲畫時因酒興偶畫得一疋馬爲諸小兒竊去一旦將行營大叫稱膺失馬張公令捕之廂將問毛色應云膺馬昨夜猶在氈下監軍怒請食之建封與監軍先有約彼此不相違建封曰却乞取崔膺軍中遂捨之

任廸

任廸簡爲天德軍判官飲酒吏誤以醋供廸簡以李景略令酷發之必死乃强飲之吐血而歸軍中人聞皆泣感後景畧卒軍請爲主自衛佐拜中憲爲軍使後鎮亦定

采娘

鄭代肅宗時爲潤州刺史兄偘嫂張氏女年十六名采娘淑貞其儀七夕夜陳香筵祈於織女是夕夢雲輿雨蓋蔽空駐車命采娘曰吾織女祈何福曰願丐巧耳乃遺一金針長寸餘綴於紙上置裙帶中令三

日勿語汝當奇巧不爾化成男子經二日以告其母母異而視之則空紙矣其針迹猶在張數女皆卒至娘母病而不言張氏有恨言曰男女五人皆卒復懷何爲將復服藥以損之藥至將服采娘昏奄之內忽稱殺人母驚而問之曰某之若終當爲男子母之所懷是也聞藥至情急是以呼之母異之乃不服藥采娘尋卒旣葬母悲念乃收常所戲之物而匿之未逾月遂生一男子有動所匿之物兒卽啼哭張氏哭女孩兒卽啼哭罷卽愈及能言常戲弄之物乃采娘後

身也因名曰叔子後及位至柱史

唐衢

周鄭客唐衢有文學老而無成善哭每一聲音調哀切聞者泣下常遊太原遇享軍酒酣乃哭滿座不樂主人為之罷宴矣

靈徹

越僧靈徹得蓮花漏於盧山傳江西廉使丹以惠遠山中不知刻漏乃得銅葉制器狀如蓮花置盆水之上底孔漏水半之則沉每晝夜十二沉之節雖冬夏

雲陰月黑無所差矣

語怪

吳　祝允明著　武林朱煒閱

重書走無常

酆都走無常事二編已書之後以問邑博熊君君即酆都人也言之甚悉蓋彼中以此爲常或人行道路間或負擔任物忽擲跳數四便仆於地冥然如死途人家屬但聚觀以伺之或六時或竟日甚或越宿必自甦不復驚異救治也比其甦扣之則多以勾攝蓋冥府追逮繁冗時鬼吏不足則取諸人間令攝鬼卒

承牒行事，事訖即還。或有搬運負戴之役亦然，皆名走無常，無時無之。宣德、永樂間（年歲未的），有江西尤和以進士來爲酆都令。下車，左右請謁酆都觀。觀在酆都山，居邑外，且山勢穹巍，岑遠草木蔚密。觀奠其陽，殊極雄偉。觀之後山陰，復有山殿之，其境益幽詭，叢灌蔽翳，人迹罕到。中亦有官宇，則所謂北陰也。其下即大獄。凡鄉之禱祀者必之，前觀香火極盛。而凡仕於彼者，初涖政，亦必虔謁，與社稷、城隍等耳。尤和初至，聞衆請，岸然曰：「烏有是哉！吾久聞此語，今來當宦政欲除之以息從前愚惑尚有於謁禱邪然固當一往視之然後毀除卽命駕以往初見山門崇煥巳怒比人危級甚遥入中門廣庭脩廡堂殿宏麗尤畧無瞻揖之儀傲睨四顧及後室從宇皆視之遍返駕言伺當命工悉去之及至縣亦無他明晨方治事忽身畔一門子跌仆於公座下倚其韡而僵尤蹴開顧左右應是卒死舁之去左右告非卒死此走無常也尤大怒何復爲此誑語邪吾固曰當毀此風妄云云者應加以重罰而復敢爾邪左右言明公姑從衆任之當

自起問之可驗苟爲不然一移動則即死矣奈何尤令喚其父母來語之故父母皆懇曰望公姑任之伺渠必自歸倘移之必死矣尤因任之越二日夜尤方坐童忽欠伸長吁如夢覺者徐徐而起神觀爽然尤問之童言向從公歸方執事忽走無常始回耳尤曰其詳奈何曰初爲冥官召去言爾可往江西某邑里攝尤睦文牒已具即持之行至彼覓尤家得之守門外二日始得入尤聞之大驚蓋睦即其弟也因扣其室廬何似童述之即其家也尤曰何以二日方入邪

曰其家有犬瘈惡不能前屢入屢爲犬噬輒退後乘間得入耳尤思之果有瘈犬曰所攝者何如人曰即尤睦秀才也其貌爾爾語至是尤不覺慘沮知爲其弟審矣因曰今則何如曰隨巳攝遠同鄉逕歸於酆都矣曰然則奈何曰既至後不與我事即併我返然頗聞睦當得重辟不可生矣尤聞之大慟急命人訊於家得報睦果以是日暴亡尤乃入觀醮謝且欲加整飾宮觀以致皈依之誠覗其居事事完備巳窮壯麗特其外無坊表之建棹楔表於門外大道而稍飾

諸瞽獎處復自製文紀其事鑱之石立觀中以示未信今猶存焉

靈哥

靈哥事海内傳誦殆百年矣景泰天順間日溢于耳邇年多不信之然聞見猶繁不勝登載亦有言其巳泯或言其本由假託者然謂其散泯有之盡以爲僞恐不然予兒時則聞諸先人等且其物爲性最軟媚往往與人纏綿締結託爲友朋昔景泰中有雲間張璞廷采成化間有吾鄉韓彦哲皆與交密張仕山右

一學職為先公言曩入京師謁之設酒對酌坐間為
張至家探耗頃刻已來言其居室之詳及所見其家
人問何語言見何動作報以無恙張筆於籍後按驗
之無錙銖爽也頗與張言其身事謂在唐時與二輩
同歸學仙處山中甚久師後以二丹令餌之戒餌後
無入水既各吞之皆躁甚臟腑若烈焰燒炙彼不能
忍竟入水浴即死予則堅忍後復自凉乃獲成道迄
今當時張循其言領畧其意彷彿似謂其師乃呂公
而二物者似一猴一鹿已則猴也韓初以歲貢赴銓

時祈兆於彼得驗且言韓當宦游其地後韓果得同
知德州與之相去不遠每事必諏之無不響荅其所
處在曾橋閘旁民家一室不甚弘密外設香火帷幕
其內凡荅祈者自帷中言聲比嬰兒尤微殆類蠭蠅
稱人每尊重仕者爲大人舉子爲進士公士庶或曰
官人大率甚謙遜而善媚往往先索取土宜禮物指
而言之或辭以無則曰某物在某箱篋某包襆有若
干分幾以惠何不可也往往皆然故人輒驚異奉之
至語禍福或不盡驗或曰其物已往今其家造僞耳

蓋初降時因其家一婦人凡飲食動靜皆婦密事之與之甚昵非此婦不語食或謂亦淫之蓋似亦有採取之說此婦沒後家仍以婦繼之然不知其真也又聞之先朝因旱潦嘗令巡撫臣下有司迎入京師託之祈禳其物亦處于驛舫比至京不肯入城强之不從因問既來何不一入覲天顏荅云禁中獒狗異常我不可入竟默然歸人以是益疑爲猴狐之類云

神譴淫男女

往年兖州有人家贅壻與其妻妹私通事頗露二人

屢自分疏既而語家人吾二人不能自明當共詣岱頂質諸天齊帝遂與俱去告于神吾二人果有私乞神明加誅祝訖下山谷以爲謾衆而已神固何知行至山半趨林薄僻處行淫焉久而不歸家人登山覓之始得於林則皆死矣而其二陰根交接粘著不解方知神譴之以示衆也

長安街鬼

弘治中妻父李公貞伯爲南京尚寶卿居西長安街南當半夜命侍婢秉燭下樓入爨室取湯水聞婢呼

喚聲良久姑來問之云有二皂隸青衣撾喝詞汝何敢來此觸犯應受杖去遂執之將撻婢固推拒久之竈後一婦人出貌甚端好冠飾衣服莊嚴珍麗狀若貴嬪命婦徐徐而坐二皂供侍婦問故皂言婢犯禁故婦曰罪固應爾姑惟宥之皂執不可婦又諄諭婦旁又隨一皂傳命令必釋二皂乃聽命舍去婦不暇諦察得脫奔迸而來矣

捉鬼巫

北濠之東有一巫人呼爲某捉鬼嘗爲人送鬼自持

呪前行令一童擔羹飯香燭紙錢從之既行童覺擔漸重愈前愈重至不能任巫乃令置之地取紙燒之以驗見紙上黑氣一道卓然如立巫曰此冤鬼難治與童皆怖甚舍擔疾趨而前鬼奔逐之至前轉角三家村巫大叫一家出救扶歸其家既而與童皆死

前世娘

宣府都指揮胡縉有妾死後八十里外民家產一女生便言我胡指揮二室也可喚吾家人來其家來告胡不信令二僕往女見僕遽呼名言汝輩來何用請

主翁來僕返命胡猶不信更命二婢事妾者往婢至女又呼之言生前事令必請主翁來婢歸言之胡乃自往女見胡喜言官人汝來甚好因道前身事胡郎抱女於懷女附耳切切密言舊事胡不覺淚下頓足悲傷與敘委曲女又言家有某物瘞某地胡遂取女歸女益呼諸子諸婦家人一一慰諭從而發地悉得其貨因呼之爲前世娘女言幽冥間事與世所傳無異又言死者須飲迷魂湯我方飲時爲一犬過踣而失湯遂不飲而過是以記臆了了旣長胡將以嫁人

女不肯言當從佛法終身不嫁胡不能強既至十六七朝以事死既而子死家人皆死惟一二婦女在不能活乃強嫁之今安然纔二十餘歲耳

福菩薩

東海傍人有步於海濵者得一初生孩意為私產所棄已且無子漫取歸畀其妻畜之見無他異第合眼不開久之以為盲其人曰雖無目吾既取之不忍復棄之死地比長不肯食葷誦佛經號出家僧行甚高遠近投禮號福菩薩至高年乃坐而命其徒告以將

逝復集衆叅禮師卽口吐三昧火漸出次七竅中出火以自焚焉

鬼治家

海虞有民家主母死而不離其家凡家有所爲鬼語於空中謹從之每有利益鬼日夕在室與人雜處第不見其形闇則言明則寂一夕其女婦試言宿火于餁伺其言而啓燭之既而復語婦急發火第見黑氣一道直起三四尺其上彷彿如人首遄遲行去

常熟女遇鬼

常熟一中人之女已有家適歸寧父母步行衢中既
而復歸夫家道遇一綠衣少年尾之行甚久稍漸近
闚其女因肆目挑女微覗之亦動心目應之既而轉
比密遂呼女相期爲私女諾之少年言汝入門勿見
舅姑與夫可託暴疾遽入房我當隨以入女又諾之
既入門聲疾痛逕趨內寢少年已躡踵而入矣隨閉
戶裸衣而交交既少年即去不見女亦不省何從而
出也乃起粧束出房猶誑瞞之而外已窺其所爲矣
抑之始諱既而少年屢至女不能拒亦不能復諱家

人審之知爲妖亦無以郤之試令需索貨物無不應手而得如是還往數歲踪迹漸稀女竟無他今猶安好年四十五矣不知後終何如時弘治末所聞也

桃園女鬼

嚴州東門外有桃園叢葬處也園中種桃四繚周墉弘治中有一少年元夕觀燈而歸行經園傍偶舉首見一少女倚墻頭露半體容色絕美俯視少年略不隱避少年略一顧亦不爲意舍之行前遇一人偕行少年乃衛兵餘丁其人亦同輩也且行且縱話其人

問少年婚乎曰未曰今幾歲曰十九矣又告以時日八字久之至岐路同輩別而他之少年獨行夜漸深行人亦稀稍聞後有步履聲回視即墻頭女也正相逐而來少年驚問之女言我平日政自識爾爾自忘之今日見爾獨歸故特相從且將同歸爾家謀一宵之歡爾何以驚爲少年曰汝何自知吾女因道其小名生誕家事之詳皆不謬蓋適尾其同輩行得之諸其口出也少年聞之信便已迷惑偕行至家其家有翁嫗居一室子獨寢一房始出時自鑰其戶逮歸不

歟翁媼自啓其寢則女已在室中坐矣亦不審其何以先在也燈下諦翫之姝倍娟嫣新粧濃艷衣飾亦極鮮華皆綺羅盛服也翁媼已寢子將往爨室取飲食女言無須往我已挈之來矣即從案上取一盒子啓之中有熟鷄魚肉之類及溫酒取而共飲食之其殽胾猶熱也啖已就寢女解衣內外皆嶄然新製乃與之合猶處子爾將黎明自去少年固不知其何人也迨夜復至與之飲食寢合如昨既而無夕不至稍久之密鄰聞其語笑聲潛窺見之語翁媼云而子必

誘致良家之子與居後竟當露禍及二老奈何翁嫗因候夜同往而覘之果見女在翁嫗愛子甚不驚之明日呼子語之故戒諭之曰吾不忍聞于官令汝獲罪汝宜速拒絕之不然與其惜汝而累吾二老人嘗恐情執以聞矣子不敢諱備述前因然雖心欲絕之而牽戀不忍且彼亦徑自至無由可斷女知之殊不畏避翁嫗無如之何復謀諸鄰鄰勸翁首諸官翁從之展轉達於郡守李君守召子來不伺訊鞫即自承伏云云然不知其姓屬居址也守思之殆是妖祟非人

也不下刑箠教其子令以長線綴其衣明日驗之子受教歸比夜入室女已先在迎謂曰汝何忽欲綴吾衣邪袖中鍼線速與我子不能奪即付之翌日復於守守曰今夕當以剪刀斷其裾子之剪歸女復迎接怒曰奈何又欲剪吾衣裾速付剪來吾姑貸汝子亟子之父復于守守怒立命民兵數人往擒之兵將近其家女已在室知之時方晴皎忽大雨作衆不可前乃返命于守守益怒命一健邑丞帥兵數十往以取之女亦在室丞兵將至忽大雷電雨飄盆而下雷火

轟擊殊不能進亦回返以告守曰然則任之呼子問曰女之姿貌果何似衣裳何絲色子具言如是如是其外内裳袂一一皆是紵絲悉新裁製也毎寢解衣堆積甚多而前後只此終未嘗更易一件其間一青比甲密著其體不甚解脱即脱之與一椰黄袴同置衾畔不暫舍也守曰爾去此後第接之如常時吾自有所處子去時通判其在座守顧判曰吾有一語欲語公恐公怒耳判曰何如守沉吟久之曰此人所遇之女殆或是公愛息小姐者乎判大怒言公何見侮

之甚吾縱不肖公同寅也吾家有此等事邪公亦何乖繆如是守但笑謝言公試歸問諸夫人判愈怒幾欲駡之遽起入内急呼妻駡守言吾爲老畜所辱乃敢道此語云云妻扣其詳判言老畜先問後生聞其言女容貌衣飾如此乃顧謂我云爾妻驚曰君姑勿怒或者果是吾家大姐乎蓋判有長女未笄而殞櫕諸桃園中其容色衣飾良是也判意少解出語守吾妻云云其當是吾女邪守曰固有之且幽明異途公何以怒爲第願公勿恤之任吾裁治可耳判亦姑應

之旣而無所施設女來如故又久之有巡鹽御史按部事竣而去郡集弓兵二百輩護行守與羣僚皆送之野御史去守逐兵當散去守命勿散從吾行且迂道從東門以歸至桃園守駐車麾兵悉入園即命發判女冢視之女棺之前有一竅如指大四圍瑩滑若有物久出入者即斵棺視女貌如生因舉而焚之蓋守知女鬼已能神故寢其事秉其不知而忽舉鬼果不能禦也守恐鬼氣侵子深或復來纏礝召入郡中郡胥與同役者直宿三月無恙乃釋之其怪遂

絕後子亦竟無他事在弘治中也

橫林查老

毘陵之北地曰橫林有查老者居之年踰五十而死死後魂歸於家不見其形但空中言語其音卽查之素也凡家事巨細一一豫言之某當行某當止點檢門戶什器失物則指其人姓名及物所在是以貨殖獲利爲事不誤而無失物之虞家因以致富外人過謁者亦聞其言至於設宴邀賓亦陳一席於主位以爲查席仍聞查言勸酒留客等了了分明久之人亦

不爲異也、如是及三年一日語家人曰我今去矣遂浪

濟瀆貸銀

濟瀆祠相傳神通人假貸前後事不一漫誌其槩一二祠有大池凡欲假金者禱於神以珓決之神許則以契劵投池中良久有銀浮出如其數貸者持去貿易利市加倍如期具子本祭謝而投之銀没而原浮其劵如人間式亦有中保之人若神不許則投劵入水頃之劵復浮還牛馬百物皆可假借投之復出故

不死也嘗有不能償者舍其見以盒子盛之投入俄頃盒浮起視之見活於中無恙葢神鑒其誠閔而貸其債也盒外濕而内中故乾其他類此故多

水寶

弘治中有回回入貢道山西某地經行山下見居民男女競汲山下一池回回駐行謂伴者吾欲買此泉可往與居人商評伴者漫往語民言烏有此買水何庸且何以携去回回言汝毋計我事第請言價民笑漫言須十金回回曰諾立與之衆曰戲耳須二十金

回回曰諾即益之民曰戲耳烏有賣理回回怒將相擊民懼乃聞於縣縣令亦令紿之曰是須三千金回回曰諾即益之令又反復言四千以至五千回回亦益之令亦懼以白於府府守令語之此直戲耳回回大怒言此豈戲事汝官府皆許我我以此已逗留數日今悉以貨物充價汝尚拒我我當與決戰即挺兵相向守不得已許之回回即取椎鑿循泉破山入深穴得泉源乃天生一石池水從中出即舁出將去守令問事既成無番變試問此何物邪回回言若等知天

下寶有幾衆曰不知回回曰金貝珠玉萬寶皆虛天下唯二寶耳水火是也假令無二寶人能活邪二寶自有之火寶猶易惟水寶不可得此是也凡用汲者竭而復盈雖三軍萬衆城邑國都只用以給終無竭時語畢欣欣持之以往

兩身兒

弘治末太倉民家生兒兩身背相粘著兩面向外其首如雀其陰皆雄

語怪終

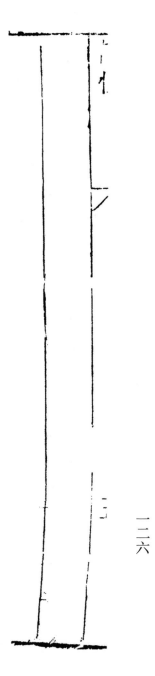

歸有園麈談

明　徐太室著　徐仁毓校閲

孔子不作，宋儒翻有作，羲畫之上，理本無像而贅着一畫，曾使春秋，綱目亦春秋，獲麟以來，權何所托而譏評萬世。

商以前相天下者實，以天下，勞之也，故横議不及於阿衡。周以後相天下者似，以天下，富之也，故流言遂起於姬旦。

道統之説，孔子不言也，而言之孟子，後儒衍之，乃身

其任以繼往開來良知之説孔子未發也而發之孟子近儒摘之遂專其門以明心見性

自秦人坑儒之後純任法律故處士之橫議稍息於漢唐自宋人講學以來錯解春秋故儒者之虛權反加於天子

典午乘魏弱而篡國黠檢乘周弱而篡國其後子孫夷狄之禍亦復相當晉人以名理爲清談宋人以道學爲清談其間事功名實之殊要自有辨

酉周以後有豪傑無聖賢凡學聖賢者常遺[illegible]於豪

傑。漢唐而降有才子無文人凡爲文人者僅可稱乎
才子。
少年不以宋儒爲準、則視規矩繩墨盡屬弁髦、學者
專以宋儒爲師、則舉事業文章俱歸腐爛、
議有可乘則隣姬束縕以救婦勢有可脅則說士結
靷以下齊、
水火盜賊之害必先橫被於孤貧虛羸勞瘵之災大
率淹纏乎貴介
文字內爲一人而誣詆一人、亦是平生口孽官府中

毀前任以阿諛後任、頗宗衙衙家風、

春秋之書不見於魯論、故傳聞互異、能無起諸儒之妄談、井田之法略述於軻書、若井里一分、寧不憂子孫之蕃衍、

榮華富貴自造化而與之、又自造化而奪之、降鑒不差、功名事業由自己而成之、又由自己而毀之、始終難保、

古之作者其人非君子也、而能爲君子之言、理明故也。今之作者其人非小人也、而聞作小人之語、才短

故也。

雖貴爲卿相，必有一篇極醜文字送歸林下。彈章。雖惡如檮杌，必有一篇絕好文字送歸地下。墓志。

以公門爲必不可遠者，趨時士也，但不當竿木無節。以公門爲必不可進者，潔已士也，但不當崖岸太高。

心源未徹，縱博綜羣籍，徒號書廚；根氣不清，雖誦說三乘，只如木偶。

物情貴貨，遺貪得者要以爲厚利，辭讓者藉以爲名高；官盛則近諛，師荆者既不戒於前，隨溫者復相繼於後。
遇沉沉不語之士。切莫輸心見悻悻自好之徒應須防口。
六卿但知從政不知執政是以題覆屢至變更有司但肯當官不肯做官是以施爲一切苟且
蘇卿持節而僅承屬國之典旌別自明博陸赤誅而不廢麟閣之圖功罪大著。
讀古書者做不得提學恐其用史漢以飾孔孟之言談道學者做不得提學恐其講良知以破傳註之說。

地下無衣食之身而臨絶者猶勤囑付林下無冠裳之用而既休者尚事誇張

一人孤立以在下者朋黨之勢成六逆漸生爲居高者保持之念重

勢利太重只爲前輩自失典刑關節盛行益因有司欲求報效

分以利昏故講五倫易行五倫難情因欲蔽故虛四端有實四端無

有形之伎易知故梓匠輪輿高低自服無形之伎難

辨故星相風水勝負必爭

災禍從天降只怕窮頭富貴逼人來須防絕板

聽言語太濫則諸曹開無事生事之端禁饋遺過嚴則大臣受以飽待食之謗

廉吏之後不竭以冬行主欽寬死之家有後爲天道好還

男子之力必勝於婦人若對悍妻其手自縛父母之尊素加於卑幼使遇劣子其口常噤

世以不要錢爲痴人故苞苴塞路世以不諛人爲遲

貨故諂佞盈朝

侵匿僧家道家以至於樂戶全然出侮鰥寡之心歎凌武官內官以至於宗泒亦竊不畏強禦之迹

內臣之奴易使只靠鞭笞寡婦之子難馴多因姑息

逆氣所乘有時博忠諫之名有時賈殺身之禍任情自放進則不勝其英雄退則不勝其憔悴

清虛之作如水磨楠瘿自見光輝勦襲之文如油漆盤盂終嫌氣息

子孫亦是衆生顧戀不可太深責備不可太重兄弟

原同一體事親便至相讓分財便至相爭
婦人識字多致誨淫俗子通文終流健訟
傾囊而付予難承養志之歡繼世以同居漸有鬩墻
之隙
隨緣皆可以乞食而剚刄於腹者意欲何求凡業皆
可以營生而爲人淘圊者身忘其臭
文自六經至七大家而精髓始盡事剽竊者除却兩
頭詩自三百篇至盛唐而風雅獨存逞淫夸者別爲
一體

任重道遠取必於身故爲仁由巳當仁不讓隨俗習
非必要其黨故姦須用介盜有把風
爲文而使一世之人必不愛難要諛基之金爲文而
使一世之人必我愛亦似濫竽之體
文中諸子其語不襲孔顏而嘿傳其命脉耳食者安
知昌黎大家其文不模史漢而自得其精神皮相者
爲謁
衮衣玉帶不能御之以登床故雖有萬乘之尊肝榮
而宵寂狗馬音樂不能携之以入棺故雖有敵國之

宮目暖而心灰

敢捐軀死諫以犯人主之怒者孤注之一擲也借言事去國以希它日之用者聯積之雙陸也

饑寒所迫雖志士未免求人但求人有道患難所臨卽聖人亦有死地顧死之有名

文士而閑騎射立致邊都武人而躭翰墨卽階閫帥

喪心病狂生於熱極攢目酸鼻起於惡寒

婦人之悲其夫益爲之悲其悲方已婦人之怒其夫轉爲之怒其怒可平

始皇之築長城秦之所以致亡也至今藉之以衛虜叔孫之草綿蕞漢之所以爲陋也至今襲之以尊君

人言背恩者爲貴相則施恩之主坐受其彎弓或謂負債者必廉官則放債之人恐見其垂橐

行酒令而必差者其人難與交若必不差者亦難與交當始仕而即富者其人無可用若終不富者亦無可用

孔子但欲爲乎東周而孟子以王道致齊梁之庸主

孔子上不得乎狂狷而孟子以堯舜望食粟之曹交

楊墨若在孔門亦是成章之弟子由求不闚聖訓終
爲季氏之具臣

乘勢作威者如大人裝鬼臉以駭小兒背地則收下

因事嬌廉者如妓女當筵之不肯舉筯回家則亂呑

廉於大不廉於小碩鼠之貪異也廉於始不廉於終
老虎之敦蹲也

窮措大危人主犯杞人之憂天草野人詵朝廷傳海
頭之聖旨

訪察不行如暑月無雷霆積陰必致傷稼刑誅或廢

如冬天少霜霰纏疫更能死人

一手詰盜一手竊盜贓故前盜死而後盜生一面懲奸一面窺奸婦故此奸伏而彼奸犯

魑魅魍魎豈能作祟必其氣弱而其鬼方靈星相醫卜本以養身必鬼運通而其術始驗

當官廢法不如傀儡之登場考校徇情不如鬭盤之輪撥

漢法太峻人情不堪是柱促而絃危也宮商猶在元政不綱天道所厭是軫迂而徽慢也音調何存

致仕莫問其子少子猶難娶妻莫謀於妻晚妻更忌

秦皇漢武唐宗雖非令主而大略英風能別開混沌

留侯武侯鄴侯雖非儒者而仙風道氣自不落塵凡

政在中書權由己出少有臧否易於責成名爲閣老

政在六卿稍見從違自難求備

男子好色如渴飲漿處富貴而能自決裂者猶有丈夫之氣女子好色如熱乘涼居津要而漫無止足者是眞妾婦之心

毛嬙之色誰不迷戀得倦始解趙孟之貴最號濃郁

致淡方休

耻惡衣食者未足議道美其宮室者必損令名

呆子之患深於浪子以其終無轉智昏官之害甚於貪官以其狠籍及人

近諛者如受蠱毒一中之而耳目必爲人移務博者常被書痴一挾之而議論惟知巳出

以道學別爲一傳者宋史之訛也若挾孔子而私之矣何其隘也以理學獨稱名世者本朝之陋也若外佐命而小之矣何其淺也

大學十章管於好惡若痛痒不關何以劑量人物中庸一書本之中和若囂吸滿世何以調燮陰陽

見十金而變色者不可以治一邑見百金而色變者不可以統三軍

顏隨勢改升降頓殊氣逐時移盛衰立見

蜂目狼聲知爲恐人性逐形生何謂皆善深山大澤必生龍蛇物以羣分何謂無種

有讜論而後可以定國是國是不定何以秉鈞有遠識而後可以決大疑大疑不決何以壓衆

以德感人不如以財聚人以言餌人不如以食化人吝者自能之富然一有事則爲過街之鼠俠者或致破家然一有事則爲百足之蟲

以財賄遺人者常人之事以財賄訐人者小人之心

爲文而專附帶名公者雖可以佞盲子而不能博智者之大觀爲詩而故厚自誇詡者雖可以艷少年而不能當老成之一誚

炎涼之態處富貴者更甚於貧賤嫉妒之念爲兄弟者或狠於外人

目凝而不動者中必腐爛言遜而不出者內有淫邪古於詞而不古於意其文直夏畦之學漢語先定句而後方奏景其詩亦齊工之畫壽生

很暴之性可以藏貪柔媚之資可以掩拙

凡中第者中一資質資質高則空疎可掩凡作官者作一氣識氣識好則瑕疵難見

食色之性是良知也統觀人物而無無間食色之外無良知也必由學慮而始明

孩提之童無不知愛其親似矣假令易乳而食能自

識其親母乎及其長也無不知敬其兄似矣假令從幼出繼能自辨其親兄乎

以笑迎人者淫佞之媒也以苦求人者貪饞之囮也

素富貴行乎貧賤可以得名素貧賤行乎富貴可以得利

謙美德也過謙者多懷詐默懿行也過默者或藏姦

喜以文字詈人者巫蠱之見也代人作呪咀而已喜以文字諛人者星相之術也爲人添福祿而已

面而譽之不若背而譽之其人之感必深多而施之

不若少而施之其人之欲易遂

淫奔之婦矯而爲尼熱中之夫激而入道

兗人得志莫提貧賤之府宕子成名必棄糟糠之婦

受業門生則門生聽先生之差使投拜門生則先生聽門生之差使

奕棊擅國則奴隸可以升堂度曲絕倫雖士人夷爲優孟

起身早見客遲老人家之行徑嘴頭肥眼孔淺窮措大之規模

當得意時須尋一條退路然後不死于安樂當失意時須尋一條出路然後可生于憂患

富貴不隨達士以其無逐塵妄行之心功名必付狠人爲其有背水決戰之氣

暴發財主收買假骨董眼前已見糊塗新科進士結識假山人日後必遭纏累

塵談者大宗伯徐太室先生所作也月旦人倫雌黄物理包籠連類取譬搜奇自著一家之書不經人道之語雅謔兼陳醇駁互見使夫揮塵者便爾

神怡撫掌者則不魚倪矣漢陂外史識

宋　沈俶撰　武林潘之淙閱

鬼物之於人但侮其命之當死及衰者爾苟人未當死與命或未衰則縱使爲妖爲孽苟能禦之以正亦無如之何吳興郡有項羽廟自古相承云羽多居郡廳前後太守不敢上南史孔靖字季恭爲守居之無害先是此郡頻喪太守人言卞山王項羽居郡廳事以故多不利于太守何季恭之獨不然也蕭惠明泰始初亦守是郡謂綱紀曰孔季恭嘗爲此郡未嘗有

災遂盛設筵榻接賓數日見一人長丈餘張弓挾矢向惠明既而不見因有背瘡旬日而卒蕭琛字彥瑜惠明從子也後亦爲守其本傳云郡有羽廟土人名爲憤王甚有靈驗于郡廳事安床幕爲神主公私請禱前後二千石皆于廳下再拜祠以太牢既祭而避居他室琛至著屐登廳事問室中有叱聲琛厲色曰生不能與漢祖爭中原死據此廳事何也因遷之於廟又禁殺牛以脯代肉竟不能害以是觀之魑魅魍魎假羽名以興禍福何獨貽害于惠明而季恭彥瑜

差無聞然此非他惠明之死期將至而二人者福未艾耳今雲川城之北門有祠號霸王廟其城門亦曰霸王門廟有碑本朝雍熙四年九月一日建宣奉郎守太子中允通判張懌文也惠明傳稱郡界有卞山山下有廟當是後人遷之入城云

宣和用兵燕雲厚賦天下緡錢督責甚峻民無貧富皆被其害時有海州楊允秀才妻劉氏寡居二子皆幼積錢十屋一日劉氏謂二子曰國家用兵斂及下戶期會促迫刑法慘酷吾家積錢列屋坐視鄉黨之

困身官吏之負罪而晏然不顧於心安乎遂請于官以緡錢一百萬獻納以充下戸之輸於是一郡數縣之官吏得以逃責而下戸得免於流離死亡者皆劉氏之賜也嗚呼今之積金蓄穀倍息計贏遇災荒而幸糴價之高遭艱危而窖藏之密者滔滔皆是也其視劉氏賢愚何啻霄壤耶

四明戴獻可者踈財尚氣喜從賢士大夫游處而家世雄于財凡客至必延款士聞風而歸者皆若平生歡也獻可死止一子伯簡年十八九未歷世故暴承

家業用度無藝里中惡少因得與交狎邪不數歲破家止有昌國縣魚鹽竹木之利尚存舊僕楊忠主之自獻可無患時出納無纖毫欺伯簡家業既蕩獨楊忠所掌猶可賴爲衣食資遂徃焉楊忠拜哭盡哀曰與婦共事之籍其資財之簿以獻伯簡大喜謂我固有之物仍復妄爲其游從輩聞之又欲誘蕩焉楊忠哭諫不顧一日伯簡與其徒會飲呼瀟楊忠梃刃而前執其尤者捽首頓之地數曰我事主人三十餘年郎君年少爾輩誘之爲不善家産掃地幸我保有此

業汝必欲蕩之靡有孑遺邪我斷汝首告官請死報
吾主人于地下又大叱令伏地受刃其人哀號伏罪
楊忠噤咽良久收刃卻立曰爾畏死紿我耶其人號
曰請自今不敢復至忠曰如此貸爾命再至必屠裂
爾軀遂出帛數端曰可負此亟去其人疾走忠遂揮
涕謝伯簡曰老奴驚犯郎君自今改前所爲但聽老
奴盡心力役不二三年舊業可復不然老奴當即日
自沉于海不忍見郎君餓死以貽主人門戶羞也伯
簡赧泣自是謝絕羣不逞修謹自守一聽楊忠所爲

果數年盡復田宅楊忠事之彌謹吁楊忠其賢矣哉眞不負其名矣其視幸主人之禍敗從而取之者孰非楊忠之罪人乎

慶曆中貝賊王則倡亂率衆閉門爲不軌知城中子女無如趙氏女美致帛萬端金千斤聘爲妻且曰女若不行卽滅爾族父母不敢違獨女不可曰吾雖女子戴天子天履天子土十九年矣縱不能執兵討叛柰何妻之泣涕不食父母族人守之以所得后服衣之女曰妻賊何后也家人掩其口卒逼以往女登輿

自殘于輿中。賊盛禮待之聞報皆失色而賊之親信。自殺者三人縋城逃者七十四人。懼爲賊所魚肉也自此賊焰漸衰以至于敗嗚呼識去就知廉恥仗節死義者天下皆以是望士君子而不以是望衆庶常以是望男子而不以是望婦人今趙氏一民家女耳表表之節如是可謂出于人所甚難而天下之所未嘗望者彼士君子號爲男子者觀之寧不有愧于心耶

徐氏名觀妙歷陽人江東曹閫中之女也嫁郡士張

彌建炎已酉虜犯維揚官軍望風輒潰多肆擄掠郡人大恐彌與鄰皆往䅦溪避賊獨徐氏不去爲亂兵所掠大罵曰朝廷畜汝輩以備緩急今虜犯行在不能赴難而乘時爲盜我恨一女子力少勢弱不能斬汝寧肯爲汝曹所辱以苟活耶賊慚恚以刃刺殺投之江中嗚呼士方平時自視霄漢抵掌大言以節義自許一落賊手則蠅營狗苟乞一旦之命或出力而助虐者多矣徐氏聅然一婦乃能奮不顧死與秋霜烈日爭嚴嗚呼壯哉

周王元儼太宗皇帝第八子也生而頴悟廣顙豐頤凛不可犯名聞外夷天聖以來太宗諸子獨元儼存仁宗眷寵尤異儼好坐木馬遇飢則于其上飲食仍奏樂于前或終日在上酣飲慶曆四年封燕王時富鄭公條上河北守禦十二策其首策曰北虜風俗貴親率以近親爲名王將相所以視中國用人亦如其國燕王威望著于北虜燕薊小兒每遇夜啼其家必驚之曰八大王來也兒啼卽止每牽馬牛渡河旅拒以進必曰八大王在海裏其畏之如此虜主每見南

使未嘗不問王安否今年王薨識者亦憂之謂王之生虜以爲重今王之薨必以朝廷爲輕矣

余無見世情炎涼釋道尤甚幼時嘗侍親遊一二寺觀多有此態歸而相語未嘗不慨然也近閲張文潛雜志忽見一事不覺憮然而書之殿中丞丘浚嘗在杭州謁釋珊見之殊傲頃之有州將子弟來謁珊降階接之甚恭丘不能平伺子弟退乃問珊曰和尚接浚甚傲而接州將子弟乃爾恭耶珊曰接是不接不接是接浚勃然起杖珊數下曰和尚莫恠打是不打

不打是打奇哉殊快人意

京城闤闠之區竊盜極多踪跡詭秘未易根緝趙師睪尚書尹臨安日有賊每於人家作竊必以粉書我來也三字於門壁雖緝捕甚嚴久而不獲我來也之名閧傳京邑不曰捉賊但云捉我來也一日所屬解一賊至謂此即我來也亟送獄鞫勘乃畧不承服且無贓物可證未能竟此獄其人在禁忽密謂守卒曰我固嘗爲賊却不是我來也今亦自知無脫理但乞好好相看我有白金若干藏于寶叔塔上某層某處

可往取之卒思塔上乃人跡往來之衝意其相侮賊曰毋疑但往此方作少緣事點塔燈一夕盤旋終夜便可得矣卒從其計得金大喜次早入獄賚以酒肉與賊越數日又謂卒曰我有器物一甕寘侍郎橋某處水内可復取之卒曰彼處人閙何以取賊曰令汝家人以籮貯衣裳橋下洗濯潛掇甕入籮覆以衣舁歸可也卒從其言所得愈豐次日復勞以酒食卒雖甚喜而莫知賊意一夜至二更賊低語謂卒曰我欲略出四更盡即來決不累汝卒曰不可賊曰我固不

至累汝設或我不復來汝失囚必至配罪而我所遺儘可爲生苟不見從却恐悔吝有甚于此卒無奈遂縱之去卒坐以伺正憂惱間聞簷瓦聲已躍而下卒喜復桎梏之甫旦啓獄戶開某門張府有詞云昨夜三更被盜失物其賊于府門上寫我來也三字師睪撫按曰幾誤斷此獄宜乎其不承認也止以不合犯夜從杖而出諸境獄卒回妻曰半夜後聞叩門恐是汝歸亟起開門但見一人以二布囊擲戶內而去遂藏之卒取視則皆黃白器也乃悟張府所盜之物又

以賂卒賊竟逖命雖以趙尹之明特而莫測其姦可

謂黠矣卒乃以疾辭役享從容之樂終身沒後子不

能守悉蕩焉始與人言

諧史終

病榻寤言

雲間陸樹聲著　陳繼儒校

余卧病榻間冥心攝息或瞀然起念意有所得欲言囁嚅時復假寐頃焉得寤蹶然起坐憑几提筆造次疾書雖語無倫次其於生死之故養生之旨間亦億中存之以自觀省曰寤言者以其得之寤寐

壬辰秋余卧病兩月一切世慮芒無縈罣追思此身未生之前與此生已盡之後何者爲我乃知是身非實一聚之形氣至則生氣返歸空生理無常而一空

常狂故曰生者死之根必至之期達生知命者委順以待之耳先儒曰透得名利關方是小休歇余曰透得生死關此是大休歇

昔人有言曰得者時也失者順也夫人之生也自少而得壯自壯而得老其得也以時至而得也然至壯則失少矣至老則失壯矣其失也以順而失也故鳥之遡風也魚之泝流也皆逆也陰陽家之沙水取逆者迎生氣也易乾下坤上之爲泰外坎内離之爲旣濟養生家之取坎塡離返老復丁者皆取逆也易曰

生生之謂易又曰易逆數也陽上陰下而必曰一陰一陽之謂道陰先於陽正不測之神也

人之有生也則有生計自一歲至十歲以上爲身計二十至三十以上爲家計三十至四十以上爲子孫計五十至六十以上爲老計六十至七十以上爲死計中間營營擾擾或追憶其既往逆料其將來外則苦其身以事勞擾内則苦其心以密思慮用以爲周身之防善後之策者總之曰勞生然或計未周而生先盡慮未及而形難留譬之夸父逐日務奔鶩而不

止臧穀求羊多岐路而終亡

死生者天地之定制人理之必至定於稟氣受形之初不以貴賤愛惡有所增損故曰賢愚同盡然而顏跖之辨大椿之於朝菌玉石俱焚薰蕕同臭而其辨不可紊也故有死而不朽沒世而名無稱與草木同腐者非所論於生死之同也故曰至人以萬世爲箕裘蜉蝣以旦暮爲大年蟣蠓以氃天爲一世

夫生人之初陰陽和會絪緼凝結資血氣以爲榮衛故血陰而氣陽陽旺乃生陰血方其少壯則氣盛而

血華及其老也氣餒而血衰髮白膚皺是其徵也加之以五欲交攻二火焚和語云燥萬物者莫燥乎火膏油所以繼火於無窮人當暮齒則壯膏既盡衰燼漸微譬之春楊條枝柔可縮結至秋枯瘁脆若拉朽木液竭而生理盡矣故養生者以惜精氣爲本

飲食男女人之大欲也而大戒存焉故有以肥甘爲酖毒衽席爲畏途者戒於所易溺也酖霜之於甘露也美惡不同用之而生死立異然謂甘露可以殺人酖霜亦能活命夫旨酒美色沉湎荒淫以伐命戕生

此非以甘露殺人者乎良藥苦口而利於衞生忠言逆耳而藉以寡過此非以砒霜活命者乎故曰甚美者惡亦稱美好者溺往亡之尤物世知惡之爲惡矣抑有察於美之果得爲美乎

倪文節公云貧賤之人一無所有及臨命終時脫一厭字富貴之人無所不有及臨命終時帶一戀字夫脫一厭字如釋重負帶一戀字如擔枷鎖又曰富貴貧賤所處不同至三者緊要處則一曰老病死以愚觀之則富貴之於斯三者反不若貧賤者之無係累

也向子平曰我已知富不如貧貴不如賤但未知生不如死耳然就是以觀則生不如死亦可知矣

緩步可以當車晚食可以當肉史記顏闔之言也論曰謂顏氏之子可謂巧於處貧漢楊王孫遺命嬴塟其言曰死者終身之化而物之歸者也歸者得至化者得變是物各返其眞也又曰精神者天之有也形骸者地之有也精神離形各歸其眞焉用久郎其言似非中道然亦不可謂巧於處生死者乎

唐裴炎之序猩猩也曰與之酒兼與之屐醉酒穿屐

則擒而刺血隨所問而得否則寧死合血不與夫身死矣而猶靳於血獸之愚若此人靈於物而其愚有類是者今夫財色名利之溺人也其若猩猩之於酒乎爵賞祿位之羈人也其若猩猩之於屐乎饕餮致禍重利忘身之死而無悔者其猩猩寧死合血乎

乾之内一陽交于坤而爲坎坎爲水坤之内一陽交于乾而爲離離爲火乾坤交而爲水火水火凝合而生人坎離者天地之用故人之受形於天地也先天之氣具水火而後天之養生也不能一日無水火南

離而北坎心居上而腎居下心腎交爲水火既濟故曰水火合則生水火離則病水火絕則死

紀昌學飛衛之射視小如大視微知著不易于物而物爲我轉造父學秦豆氏之御不以目視不以策驅得之于手而應之于心孔周挾含光之劍視之不可見運之不知其有所觸也經物而物不覺學道者之于養生也墮肢體黜聰明存其精于何思何慮若存若亡之間冲兮若虛神妙合而入無間亦若此若三子者之習于技不若而得之神解則一是亦可謂技

而進于道矣。

神依形則生，神離形則死，故形骸者神之宅舍，形骸屬陰而元神屬陽，陰以實爲質，陽以虛爲用。心者虛靈之府，神明之舍，心定則神凝，心虛則神守。玉皇印經解云：皆在心內運黃庭，晝夜存之得長生。黃言中，庭言虛，故養生家有曰心死則神活，曰心死者則虛之謂也。又曰未死而學死，當生而無生，曰無生者學死而忘生之謂也。如曰忘氣以養形，忘形以養神矣，而又曰忘神以養虛，蓋虛之所藏者深矣。

夫養生者視身爲太重則憂患易入而憂患因以傷生吾故曰養生者戒于傷生也而世有以養傷生者矣老子曰我有大患惟我有身我若無身我則何患山谷老曰衆生身同太虛煩惱何處安脚夫既身同太虛而視身若無則憂患不能入是能齊生死而處之一矣故曰夭壽不貳然又曰脩身以俟則又非漫然無嘗而虛生浪死者矣此正先儒所謂養則付命于天道則責成于已養生者所宜體此

楊朱之友季梁有疾其子三致醫其一矯氏之醫曰

病在有生之後欲攻其漸李梁曰衆醫也其二俞氏之醫曰病在未生之前其甚弗可已也季梁曰良醫也其一爲盧氏之醫曰病出于禀生未形之先齊生死而一之也季梁曰神醫也遣之而疾瘳夫李梁之疾三致醫而疾瘳余也齊居三月内達于生死而疾自愈若李梁則猶有外之心也

病榻寤言終

清言

東海 屠隆著　明潘之淙閲

子房虎嘯安期生豹隱於海濱藥師龍驤魏先生蠖屈於嵓穴緊豈異哉寔命不同

三九大老紫綬貂冠得意哉黃梁公案二八佳人翠眉蟬鬢銷魂也白骨生涯

口中不設雌黃眉端不挂煩惱可稱烟火神仙隨宜而栽花竹適性以養禽魚此是山林經濟風晨月夕客去後蒲團可以雙跏烟島雲林興來時竹杖何妨

獨往

覆雨翻雲何險也論人情只合杜門嘲風弄月忽顏然全天眞且須對酒

道上紅塵江中白浪饒他南面百城花間明月松下涼風輸我北牕一枕

淨几明牕好香苦茗有時與高衲談禪荳棚菜圃煖日和風無事聽閒人說鬼

老去自覺萬緣都盡那管人是人非春來尚有一事關心只在花開花謝

甜苦備嘗好丟手世味渾如嚼蠟生死事大急回頭年光疾于跳丸

無物能牢何況蠢兹布袋有形皆壞不聞爛卻虛空

坐禪而不明心取骨頭爲工課馬祖戒于磨甎談經而不見性鑽故紙作生涯達摩所以面壁

草色花香游人賞其有趣桃開梅謝達士悟其無常

修淨土者自淨其心方寸居然蓮界學坐禪者達禪之理大地盡作蒲團

立身而認骨肉太親則人緣難遣學道而求形神俱

在則我相未融
錫粘油膩牽纏寂是愛河瞎引盲趨展轉投于苦海
非大雄氏誰能拯之
知事理原有頓漸則南北之宗門不廢知升墜分于
情想則過現之因果昭然
若無後來報應則造物何以謝顏回除却永劫災殃
則上帝胡獨私曹操
禿鬢黃面揣骨法豈有如許公侯道氣文心標風流
亦是可見措大

招客留賓爲懽可喜未斷塵世之攀緣澆花種樹皆好雖清亦是道人之魔障

角弓玉劍桃花馬上春衫猶憶少年俠氣瘦瓢膽瓶貝葉齋中夜衲獨存老去禪心

寶籙祈仙金函禮佛造物尚不得牢籠褐衣披體破帽蒙頭君相又安能陶鑄

臨池獨照喜看魚子跳波遶逕閒行忽見蘭芽出土亦小有致時復欣然

盤飧一菜永絕腥膻飯僧宴客何煩六甲行厨茆屋

三楹僅蔽風雨掃地焚香安用數童縛箒未見元放
翛然尚覺右丞多事
菜甲初肥美于熟酪蓴絲既長潤比羊酥
楊柳岸蘆葦汀池邊須有野鳥方稱山居香積飯水
田衣齋頭纔着比丘便成幽趣
竹風一陣飄颺茶竈疎烟梅月半彎掩映書牕幾雪
眞使人心骨俱冷體氣欲仙
登華子岡月夜犬聲若豹遊赤壁磯秋江寉影如人
但想前賢神明開滌

山河天眼裡不知山河卽是天眼世界法身中不知世界卽是法身

如來爲凡夫說空以凡夫著有故爲二乘人說有以二乘人沉空故著有則入淪轉之途沉空則礙普度之路是故大聖人銷有以入空一法不立從空以出有萬法森然

黃虀淡飯允宜山澤之臞曲几匡牀久絕華清之夢

棺則朽于木腂則朽于土土木何勞分別沉則化于水焚則化于火火水安用商量

紅潤凝脂花上纔過微雨翠勻淺黛柳邊乍拂輕風

問婦索釀甕有新芻呼童煑茶門臨好客先生此時

情興何如

痴矣狂客酷好賓朋賢哉細君無違夫子醉人盈座

簪裾半盡酒家食客滿堂瓶甕不離米肆燈燭熒熒

且耽夜酌爨烟寂寂安問晨炊生來不解攢眉老去

彌堪皷腹

若想錢而錢來何故不想若愁米而米至人固當愁

曉起依舊貧窮夜來徒多煩惱

白仲奇窮悍婦同于馮衍德園高隱孤居頗似王維我固當勝之

明霞可愛瞬眼而輒空流水堪聽過耳而不戀人能以明霞視美色則業障自輕人能以流水聽絃歌則性靈何害

詩堪適性笑子美之苦吟酒可怡情嫌淵明之酷嗜若詩而嫉妬爭名豈云適性若酒而猖狂罵座安取怡情

鑠金玷玉從來不乏彼讒人洗垢索瘢尤好求多于

佳士止作疾風過耳何妨微雲點空

學道歷于魔而莫退遇辱堅百忍以自持到底無損毫毛轉使人稱盛德當時之神氣不亂入夜之寃夢亦清

金吾厚享千鍾命慳于荳牆學士御食二器數定于橘湯余幼丁貧賤每藜藿之飯不充壯忽持齋想肉食之簿已盡

大臣雅度嫌王勃之恃才明主知人想李白之薄福盈庭滿座斷結駟于貴人累牘連篇絕八行于政府

情塵既盡心鏡逐明外影何如內照幻泡一消性珠自朗世瑤原是家珍

善謔浪好詼諧吐語傷于過綺取快佐驩亦無大害揚隱微談中冓爲德毋乃太涼積愆消福吾鄙戒之

人生于五行亦死于五行恩裡由來生害道外于六賊亦成于六賊妙處只在轉關

雲棲蓮老佛隴燈公嶺表憨山湖南窮介有西方美人之思碧浪朱生西泠虞氏湘靈逸客鏡水隱鱗有天際眞人之想

聰明而修潔上帝固錄清虛文采而貪殘冥官不愛詞賦

凡夫逃眞而逐妄智慧化爲識神譬之水湧爲波不離此水聖人悟妄而歸眞識神轉爲智慧譬之波平爲水當體無波

樓前桐葉散爲一院清陰枕上鳥聲喚起半牕紅日

一泓濠上便同莊叟之觀片石林間堪下米顚之拜

天上兩輪逐電晝夜不休人間二鼠嚙藤剎那欲斷

立雪斷臂秪緣藝壓當行擘面攔胸直是酒逢知己

啜飯著衣生世無補餙巾待壙顧影多慙虞幾哉白魚蠹簡食奇字于腹中黄鳥庋枝遺好音于世上

比丘鼻臭荷香來池神見斥童子乃以香嚴而圓通

元鄉目玩宮卉爲天神所呵古德有因桃花而悟道

茶熟香清有客到門可喜鳥啼花落無人亦是悠然

翠微僧至衲衣全染松雲斗室經殘石磬半沉蕉雨

水色澄鮮魚排荇而徑度林光澹蕩鳥拂閣以低飛

曲逕烟深路接杏花酒舍澄江日落門通楊柳漁家

催租吏只問家僮知主人之不理生產收稼奴經達

主母笑先生之向如外賓

八關齊久何敢然寄興于持螯五斗量慳聊復爾托名于泛蟻

侶猨猴友虎豹不能孫登之穴居馴鳥雀畜龜魚頗似何點之野逸

高人品格既有媿井丹潔身名士風流亦不至相如傷世

天討有罪生來幸免馬驢世棄不才隱去敢云鴻豹

有分有限耗星臨宮顧我論萬事總不如人無慮無

聽天喜坐命羸人只一籌至要在我
持論絕無鬼神見怪形而驚怖平居力詆仙佛遇疾
病而修齋儒者可笑如此稱柴數米時翻名理于廣
筵嫺竈乞墦日挂山林于齒頰高人其可信乎
爲龍爲蛇生旣謝陽秋于太史呼牛呼馬死亦一任
彼月旦于時人
以文章爲遊戲將希劉勰逃禪看齒髮之衰頹自信
鮑照才盡
荊扉纔掩便逢客過掃門飯粟一空輒有人求譽墓

萬事從來是命一毫夫豈由人

家坐無聊不念食力擔夫紅塵赤日汝官不達尚有

高才秀士白首青襟

峰巒窕窈一拳便是名山花竹扶疎半畝何如金谷

少文五岳興聊託于臥遊元亮一園趣果成于日涉

月出青松光映琉璃夜火風搖翠篠寒生窣堵秋烟

虛空不拒諸相至人豈畏萬緣是非塲裡出入逍遙

逆順境中縱橫自在竹密何妨水過山高不碍雲飛

孔孟以經常治世不欲炫奇怪以駭時釋老以妙道

度人故身現神通以聳衆
凡情自縛則摶沙捻土一身纏爲葛藤空觀一成則
割水吹毛四大等于枯木
薰蒸聽香則果未成而靈根漸長熬煎欲火則目未
瞋而惡趣現前
喫菜而生美好揀擇則喫菜不異喫葷作善而求自
高勝人則作善還同作惡
人若知道則隨境皆安人不知道則觸塗成滯人不
知道則居鬧市生囂雜之心將蕩無定止居深山起

岑寂之想或轉憶炎囂人若知道則履喧而靈臺寂若何有遷流境寂而眞性沖融不生枯槁

英雄降服勁敵未必能降一心大將調御諸軍未必能調六氣故姬亡楚帳霸主未免情哀疽發彭城老翁終以憤死

來鳴禽于嘉樹音聞兩寂悟圓通耳根印朗月于澄波色相俱空領清虛眼界

雨過天清會妙用之無碍鳥來雲去得自性之眞如

栴檀之形能出門而迎佛虎丘之石解聽法而點頭

故知山河大地咸見真如瓦礫泥沙並存佛性

酬應將迎世人奔其軀行消磨折損造物畀其虛名

世界極于大千不知大千之外更有何物天宮極于非想不知非非想之上畢竟何窮吾嘗于此茲然安得問之大覺

衰年嶺表餘生相傳仙去驛媼夜哭還券垂老無家每想斯人潸然欲涕

雲長香火千載遍于華夷坡老姓名至今口于婦孺意氣精神不可磨滅如此

慧遠臨終檢戒于食蜜薩眞濟渡留錢于空舟古德愼行至此便人心志凜然

三徑竹間日華澹澹固野客之良辰一編窓下風雨瀟瀟亦幽人之好景

春衣杜陵急管平樂眞稱名士之風流雨中山果燈下草蟲想見高人之胸次

好散阿堵亦復不能積書趣在箇中平生只愛種樹醇醪百斛不如一味太和之湯良藥千包不如一服清涼之散

積想情堅，思女因而化石；磨磚功久，鐵杵且會成針。今人纔學修行，便希得證，稍不見効，輒退初心，道其可幾乎。

不是鄰侯著眼，懶殘只一丐者；若非豐干饒舌，寒拾兩個火頭。

籬邊杖屨送僧，花鬚冐子巾角；石上壺觴坐客，松子落我衣裾。

待月看雲，偶見鶴形之使；焚香掃室，時迎鳥爪之姑。

鳴騶呵殿，歌兒挈傀儡于場中；揭地掀天，童子弄形

影于燈下

張三不是他李四亦不是他總認郵亭爲木宅長卿不是我緯眞亦不是我莫把并州當故鄉

風翻貝葉絶勝北闕除書水滴蓮花何似華清一室一室經行賢于九衢奔走六時禮佛清于五夜朝天

鳴琴流水疑魴鮪之來聽散帙當軒喜藤竹之交翳

娟娟月露下薝蔔而生香嫋嫋山風入松篁而成韵

閒情清曠未解習鍛之機野性蕭疎耻作投梭之達

負苓而羈庖犧繫開混沌采薇而薄周武決裂隄防

善星腹笥部藏、不免泥犁、雲光口墜天花、難逃閻老、所以初祖來自迦毘、盡掃文字室利往叅摩詰悉杜語言、太原則哲幾畜疑于掇煤、瑯琊故知竟因譊而投杼、嗚呼知巳難哉吾欲挽九原而起鮑叔取千金以鑄子期、陳思逸藻、僅朱邸于遮須、庾信高才、乃䍡形于地府、身後結局如此眼前文典索然。觀號千秋吾媿賀老之捨宅樓高三級復慙都水之

樓眞物在亦不苦留期到儵然便去

周犨營産原從車子而償逋韓相卜居乃爲木工而定磧凡事前定如斯世人計較可息

靈運才高不入白蓮之社裴休詩好何關黄蘗之宗故子昂杜甫韻語騁意氣于秋林寒山船子吟哦寫性靈于天籟寫性靈者佛祖來印騁意氣者道人指呵

室無長物心本宅乎清虛門多雜賓性不近乎狷介行誼雖無大損淨業未免有妨

據床嗒爾聽豪士之譚鋒把盞醒然看酒人之醉態

大臣赫赫肅丘墓便已就荒文士沾沾問姓名多云不識名利至此使人心灰

夫人有絕技必傳有至性不朽靈心巧思魯般以木匠千秋報主存孤李善以傭奴百世

核人貴實浮論難憑從古聖賢不能無謗試問釋迦于移山之口佛云乎哉仰宣尼于伐木之夫何聖之有

道人好看花竹寄託聊以適情居士偶聽弦歌不禁

何妨入道。清曠亦自有致。寂莫無令太枯看睫纔交夢裡便不能張主眼光落地死去又安得分明故學道之法無多只在一心不亂。

戴髮含齒生幸托于中華、方袍圓冠、名復綴于下士、田園雖少負郭、妻孥尚免飢寒、榮期之樂巳多老氏之學知足、

若富貴貧窮由我力取則造物爲無權若毀譽嗔喜隨人脚根則讒夫愈得志

世法須從身試。大道不在口譚。暇日清言有味恐于

實際無當猝然遇境不撓此是學問得力袁盎報十世之仇不知雖經萬刦而必報師子償殺命之債不知雖遭小債而必償萌芽各認根苗點滴不差簷溜罪在則福不集福少則行難圓此聖賢之所以順作業也

尸奉清齋過客時供粱肉身衣短褐兒童或曳羅衫固知供奉之綺裘不富于公孫之布被

寃家恩愛心常作平等之觀上帝悲田眼不見可憎之物性鮮貪嗔六時畏作惡趣心能領略四季都是

良辰昔人不云乎此老終當以樂死青谿白石倏生瀟灑之懷黑霧黃埃便起炎囂之念此是心依境轉恐于學道無常必也月隨人走月竟不移岸逐舟行岸終自若則幾矣

醒時思作佳夢夢去未必如所思生前念佛修行死後猶恐忘初念何也衆生奔馳情識一往易昏學人積累薰修務求根蔕

隔壁聞釵釧聲比丘名爲破戒比丘之心入故同室與婦人處羅什不碍成眞羅什之心不入故也固

知染淨在心何關形迹

方外偶過僧道倒雙屣急開竹戶迎來座中倘及市朝掩兩耳輒敎松風吹去

樓窺睥睨窓中隱隱江帆家在半邨半郭山倚精廬松下時時清梵人稱非俗非僧

華屋朱門過王侯而掉臂黄頭歷齒對兒子而傷心高人之輕富貴也易斷恩愛也難

觀上虞論衡笑中郎未精玄賞讀臨川世說知晉人果善清言

王重陽闌入队内馬鈺内子能知戒闍黎金甲傳飡
太守夫人覷破
美人傳粉塗香終淪于糞土猛士格虎剸象死制于
螻蟻古鏃繡刀舊日戰爭之地蝕釵灰襖昔時歌舞
之塲英雄漠漠精靈秦晋茫茫歲月娑羅居士釀酒
治蔬無日不延賓客杜門禁足經年嬾過隣家白香
山云丘壑有泉石花竹者靡不遊人家有美酒鳴琴
者靡不過吾甚媿其言
永明禪師云向不遷境上虛受輪廻十無礙法中自

生繫縛

清言終

談言

桃源江盈科輯　宋瑞徵閱

黃可

進士黃可字不可孤寒朴野淡於雅道詩句中多用驢字如獻高侍郎詩云天下傳將舞馬賦門前迎得跨驢賓之類又嘗謁舍人潘佑潘教服槐子云豐肌卻老明旦潘公趨朝天階未曙見槐樹烟霧中有人若猿狙之狀追而視之即可也怪問其故乃擁條而謝曰昨蒙明公教服槐子法故今日齋戒而掇之潘

大噱而去

廬山道士

廬山九天使者廟有道士忘其姓名體貌魁偉飲噉酒肉有兼人之量晚節服餌丹砂躁於冲舉魏王之鎮潯陽也郡齋有雙鶴因風所飄憩於道館迴翔噭唳若自天降道士且驚且喜焚香端簡前瞻雲霓自謂當赴上天之召命山童控而乘之羽儀清弱莫勝其載毛傷背折血洒庭除俄撥久之是夕皆斃翌日馴養者詰知其狀訴于公府王不之罪處士陳沆聞

之爲絶句以諷云啗肉先生欲上昇黃雲踏破紫雲崩龍腰鶴背無多力傳語麻姑借大鵬

武恭

李褒建節晉州表兄武恭性誕妄又稱好道及蓄古物遇褒生日無餉乃遺箱挈一故皂襖子與褒曰此是李令公收復京師時所服願尚書一似西平褒以書謝後聞恭生日挈一破膩脂幞頭餉恭曰知兄深慕高眞求得一洪崖先生初得仙時幞頭願兄得道一如洪崖賓寮無不大笑又記有嘲好古者以市古

物不討直破家無以食遂爲丐猶持所有顏子陋巷瓢號於人曰孰有太公九府錢乞一文與武恭事正相類

華陽生

華陽有狂生一夕乘醉訪隣曲隱翁見主人庭中月色如畫梅花盛開乃朗誦宋人詩曰窻前一樣梅花月添個詩人便不同蓋自負也主人亦朗誦宋人詩曰自從和靖先生死見說梅花不要詩蓋恐其作詩唐突梅花也生忿主人嘲己肆詬而去明日主人到

縣訟之縣官呼狂生試詩甚劣笑謂狂生曰姑免問罪押發去百花潭上看守杜工部祠堂聞者絶倒

崔張

進士崔涯張祜下第後多遊江淮常嗜酒侮謔時輩或乘飲興即自稱俠二子好尚既同相與甚洽崔因醉作俠士詩云太行嶺上三尺雪崔涯袖中三尺鐵一朝若遇有心人出門便與妻兒別由是往往播在人口崔張眞俠士也以此人多設酒饌待之得以互相推許一旦張以詩上牢盆使出其子授漕渠小職

得堰俗號冬瓜張二子一椿兒一桂子有詩曰椿兒莚樹春園裏桂子尋花夜月中人或戲之曰賢郎不宜作等職張曰冬瓜合出袮子戲者相與大哂後歲餘薄有貲力一夕有非常人裝飾甚武腰劍手囊貯一物流血於外入門謂曰此非張俠士居也曰然張揖客甚謹既坐客曰有一讎人十年奚得今夜獲之喜不可已指其囊曰此其首也問張曰有酒否張命酒飲之客曰此去三數里有一義士余欲報之則平生恩讎畢矣聞公氣義可假余十萬緡立欲酬之是

余願矣此後赴湯焰火爲狗爲雞無所憚張且不吝深喜其說乃扶囊燭下籌其縑素中品之物量而與之客曰快哉無所恨也乃留囊首而去期以却回及期不至五鼓絕聲東曦既駕杳無蹤跡張慮以囊首彰露且非己爲客既不來討將安出遣家人將欲埋之開囊出之乃豕首也因方悟之而歎曰虛其名無其實而見欺之若是可不戒歟豪傑之氣自此而喪矣。

李西涯

武廟時內閣劉謝兩公同日去國惟西涯李公獨未去其後値逆瑾縱横無所匡救有嘲之者畫一醜惡老嫗騎牛吹笛題其額曰此李西涯相業或以告西涯公乃自題一絶云楊妃身死馬嵬坡出塞昭君怨恨多爭似阿婆牛背穩春風一曲太平歌嗚呼 武廟時何等景象公乃自謂太平昔宋南渡後一宰執致仕家居鄉人于其初度捐約爲壽宰自謂曰老夫不才幸爲太平宰相微天之幸坐閒一儒士離席言曰天下到太平只河朔一起竊盜拏不獲蕃指金虜

也宰始大懸噫若西涯者亦類是耳

李覯

李覯賢而有文章素不喜佛不喜孟子好飲酒一日有達官送酒數斗泰伯家釀亦熟一士人知其富有酒然無計得飲乃作詩數首罵孟子其一云完廩捐階未可知孟軻深信亦還癡岳翁方且爲天子女壻如何弟殺之李見之大喜留連數日所與談莫非罵孟子也無何酒盡乃辭去旣而聞又有寄酒者士人再往作仁義正論三篇大率皆詆釋氏李覽之笑云

公文采甚奇但前次被公吃了酒後極索寞今次不敢相留留此酒以遣懷聞者大笑

驛吏

江南一驛吏以幹事自任典郡者初至吏曰驛中已理請一閱之刺史往視初見一室署曰酒庫諸醞畢熟其外畫一神刺史問是誰言是杜康刺史曰公有餘也又一室署云茶庫諸茗畢貯復有一神問是誰云是陸鴻漸刺史益善之又一室署云葅庫諸葅畢備亦有一神問是誰吏曰蔡伯喈刺史大笑

李淵材

淵材好談兵曉大樂通知諸國音語嘗咤曰行師頓營每患乏水近聞開井法甚妙時館太清宮於是日相其地而掘之無水又遷掘數尺觀之四旁澧其掘鑿孔穴棊布道士月夜登樓之際顰額曰吾觀爲敗龜殼乎何其孔穴之多也淵材不懌又嘗從郭太尉遊園咤曰吾比傳禁蛇方甚妙但咒語耳而蛇聽約束如使稚子俄有蛇甚猛太尉呼曰淵材可施其術蛇舉首來奔淵材無所施其術反走汗流脫其冠巾

曰此大尉宅神不可禁也太尉爲之一笑嘗獻樂書得協律郎使余跋其書曰子落筆當公不可以叔侄故溢美也余曰淵材在布衣有經綸志善談兵曉大樂文章蓋其餘事獨禁蛇開井非其所長淵材覩之怒曰司馬子長以酈生所爲事事奇獨説高祖封六國爲失故于本傳不言者著人之美而完傳也又於子房傳載之者不欲隱寔也奈何言禁蛇開井事乎聞者絶倒

士人婦

京邑有士人聟其婦大妬忌於夫小則詬詈大必捶打韋以長繩繫夫脚有喚便牽繩聟密與巫嫗爲計因婦眠入厠以繩繫羊聟緣墻走避婦覺牽繩而羊至大驚怪召問巫巫曰娘積惡先人怪責故郎君變成羊若能改過乃可祈請婦因悲號抱羊慟哭自咎悔誓巫乃令七日齋擧家大小悉避於室中祭鬼神師祝羊還復本形聟徐徐還婦見聟啼問曰多日作羊不乃辛苦耶聟曰猶憶噉草不美腹中痛耳婦愈悲哀後復妬忌聟因伏地作羊鳴婦驚起徒跣呼先

人爲誓於是不復敢爾尚書星有好風星有好雨古註云箕星東方朔也東木克北土以土爲妻雨土也土好雨故箕星從妻所好而多雨也畢西方宿也西金克東木以木爲妻風木也木好風故畢星從妻所好而多風也由此推之則北宮好燠南宮好暘中央四季好寒皆以所克爲妻而從妻所好也予一日偶述此義坐有善詼者應聲曰天上星宿亦怕老婆乎滿堂爲之閧然一笑

石動箭

北齊高祖嘗燕近臣爲樂高祖曰我與汝等作謎可共射之卒律葛荅諸人皆射不得或云是髐子箭高祖曰非也石動筩云臣已射得高祖曰是何物動筩對曰是煎餅高祖笑動筩曰射着是也高祖又曰汝等諸人爲我作一謎我爲汝射之諸人未作動筩爲謎復云卒律葛荅高祖射不得問曰此是何物荅曰是煎餅高祖曰我始作之何因更作動筩曰承大家熱鐺子更作一個高祖大笑高祖嘗命人讀文選有郭璞遊仙詩嗟嘆稱善諸學士皆曰此詩極二誠如

聖旨動筩郎起曰此詩有何能若令臣作當勝伊一倍高祖不悅良久語云汝是何人自言作詩勝郭璞一倍豈不合死動筩郎云大家郎命臣作若不勝一倍甘心合死郎令作之動筩曰郭璞遊仙詩云青溪千仞餘中有一道士臣作云青溪二千仞中有兩道士豈不勝伊一倍高祖始大笑又嘗於國學中看博士孔子弟子達者七十二人動筩因問曰達者七十二人幾人已著冠幾人未著冠博士曰經傳無文動筩曰先生讀書豈合不解孔子弟子已著冠有三十

人未著冠有四十二人博士曰據何文以辨之曰論語云冠者五六人五六三十人也童子六七人六七四十二人也豈非七十二人坐中皆大悅博士無以復之

談言終

深雪偶談

宋　方嶽著　武林吳繼蓮閲

西山公云近世評詩者曰淵明之辭甚高而其旨出於老莊康節之辭若卑其旨則原於六經以予觀之淵明之學正自經術中來故形於詩自不可揜榮木之奄憂逝川之嘆也貧士之詠簞瓢之樂也飲酒末章有曰羲農去我久舉世少復眞汲汲魯中叟彌縫使之淳淵明之智足以及此豈玄虛之士所能望耶其說誠是矣余謂淵明康節二公之作辭近指遠至

如淵明能言之士莫不愛而慕之況西山公乎然榮木貧士方之逝川簞瓢幾於可以牽合之論眞知淵明不必視此若夫食薇飲水之言啣木塡海之喻睠睠王室實有乃祖長沙公之心惜其力不得爲而止此則西山發微之論非獨義熙以後不著年號爲耻事二姓之驗而已淵明詩有謂其詞彩精拔斯言得之而後山顧謂其切於事情而失之不文後山體裁旣變音節已殊將自外於淵明者非耶然於康節又何以許之

淵明飲酒詩云客養千金軀臨化消其實以寶喻軀軀失則寶亡矣坡公云人言靖節不知道吾不信也

范石湖田園雜詩驗物切近但句律太憑力氣於唐人之藩尚窘步焉然絕句中有可憐世上金和寶借爾閑看七十年唐人所無可謂砭流俗之膏肓矣以軀爲寶殆與斯言對壘人謂石湖未知道余亦不之信也

賈閬仙燕人産寒苦地故立心亦然誠不欲以才力氣勢掩奪情性特於事物理態毫忽體認深者寂入

仙源峻者迥出靈嶽古今人口數聯固於劫灰之上令然獨存矣至以其全集經歲踰紀沉埋細繹如芊葱佳氣瘦隱秀脉徐露其妙令人首肯無二可以厭斁三折肱爲良醫豈不信然同時喻鳧顧非熊繼此張喬張蠙李頻劉得仁凡唐晚諸子皆手紙上北面隨其所得淺深皆足以終其身而名後世獨李洞佛名閬仙所謂瓣香之師執而不弘捧心過甚空圓蕭散之氣不復少有豈非不善學下惠者耶司空表聖後輩也本用其機反以閬仙非附寒瘦無所置才披

公不細考亦然其言獨非叛道者歟不然則肄者不力其文擠而實予則歸敬閬仙也亦至矣

四言自韋孟司馬遷相如班固束晳陶潛韓愈柳宗元梅堯臣歐陽修王安石蘇軾工拙畧見嘗怪五言而上世人往往極其才之所至而四言雖文辭巨伯輒不能工永心有是言矣後付劉潛夫亦以四言尤難三百五篇在前之故韋氏云誰謂華高企其齊而誰謂德難厲其庶而使經聖筆亦不能刪余思四言如律以三百五篇則韋氏爲工世殊體異後之銘詩

莫非四言也安石以上諸公未暇深論如蘇公所撰范蜀公誌銘云君實之用出而時施如彼水火寧除渴飢公雖不用亦相其行如彼山川出雲相望余每展卷輒爲擊節在瞻耳作觀棋詩記廬山白鶴觀觀中人皆闔戶晝睡獨聞棋聲云五老峯前白鶴遺址長松蔭庭風日清美我時獨遊不聞一士誰歟棋者戶外屨二不聞人聲唯聞落子其寂寞冷落之味可以想見坡公四言於古近體中句語無適無適而不高妙也

杜牧之赤壁詩折戟沉沙鐵未消細將磨洗認前朝東風不借周郎便銅雀春深鎖二喬許彥周不諭此老以滑稽玩弄每每反用其鋒輒雌黃之謂孫氏覇業繫此一戰宗廟丘墟皆置不問乃獨會情妓女豈非與癡人言不應及於夢也劉禹錫題蜀主廟云凄涼蜀故妓歌舞魏宮前亦是此意惟增悽感却不主於滑稽耳本朝諸公喜爲論議往往不深諭唐人主於性情使雋永有味然後爲勝牧之處唐人中本是好爲論議大槩出奇立異如四皓廟南軍不袒左邊

祖四皓安劉是滅劉如烏江亭勝敗兵家未可期包羞忍恥是男兒江東子弟多才俊卷土重來未可知要知東風借便與春深數箇字含蓄深窮則與後二詩遼絕矣皮日休館娃懷古綺閣飄香下太湖亂兵侵曉上姑蘇越王大有堪羞處只把西施賺得吳亦是好以議論爲詩者余最愛竇庠新入諫院喜內子至一絕一旦悲歡見孟光十年辛苦伴滄浪不知筆硯緣封事猶問傭書日幾行使彥周評此則以竇氏內爲不解事婦人矣所謂癡人前說夢也牧之五言

云欲識爲詩苦秋霜若在心雖格力不齊各自成家
然無有不自苦思而得也
山谷中秋詩云寒藤老木被光景深山大澤皆龍蛇
蓋本尤氏深山大澤實生龍蛇川事誠有據景趣似
差乏爾然未失爲佳坡公月夜與客飲酒杏花下詩
杏花飛簾散餘春明月入戶尋幽人褰衣步月踏花
影炯如流水涵青蘋流水青蘋之喻景趣盡矣前人
未嘗道也獨杏花影下洞簫聲中著此句辱爾及志
林所記徐州時冬夜解衣欲睡月色入戶欣然起行

念無與樂者遂至承天寺尋張懷民亦未寢相與步
於中庭庭下如積水空明水中蘋藻交横蓋竹栢影
也何夜無月何處無竹栢但少閑人如吾兩人爾使
施前句於斯時豈非稱歟淳佑初僧友自南澗從天
竺歸隱溪之南岡余多夕落葉訪之小龍迎吠時佛
燈猶在啓關者煮茗既而侶行溪間篙小舟自拜龍巖
順流東下誦坡谷詩徘徊久之舍舟登岸借僧裘禦
寒而返纔指二十霜矣嘗感舊有詩昔年訪月寒溪
頭霜高酒劣稜生裘溪僧輟寢從吾幽共移不繫漁

人舟斷崖老木紛金亂又如蘋藻涵清流鶴骨浸煩風露憂妙語滿地無人收蓋指二公詩與自南師既亡余亦就老悵前遊之不能踐也

梅花單題難工尚矣至以梅花二字置之五七言中隨其景趣足而成律尤爲難工不爾不謂之得句唐人凡數百家本朝江西社中不翅數十公亦孰不寤寐斯花附爲不朽卒之無所容力傳不傳可以槩見矣近世杜小山子野尋常一夜窻前月纔有梅花便不同殊爽人意律之唐人是非本色天樂趙公放了

吏人無一事坐看山鳥喫梅花端是秀語然不過絕
詩非有琢對之艱也秋壑賈公送朝客頸聯云梅花
見處多留句諫草藏來定得名圓妥優游方之天樂
冬夜領聯禽飜竹葉霜初下人立梅花月正高雖靜
獨有境或者以其短氣其它卷什一無可摘自從和
靖先生死見說梅花不要詩斯語雖鄙要未得爲虐
論
鄭都官海棠詩穠麗最宜新着雨妖嬈全在欲開時
歐公謂其格卑鄭詩如聽輕可恐風敲竹飲散那逢

月在花格卑甚矣復齋漫錄云近世陳去非嘗用鄭意云海棠默默要偕詩日暮紫綿無數開欲識此花奇絕處明朝有雨試重來余謂去非格力猶去鄭詩未遠豈如吳融雪綻霞鋪錦水頭占春顏色最風流若教更近天街種馬上應逢醉五侯唐人雖從事苦吟題賦此花要須放些風措不近寒乞坡公詩東風嫋嫋泛崇光香霧空濛月轉廊只恐夜深花睡去故燒銀燭照紅粧不爲事使居然可愛

渭城朝雨裛輕塵客舍青青柳色新勸君更盡一盃

酒西出陽關無故人此摩詰送元二使安西詩也世傳陽關圖亦摩詰手遂稱二妙惜别詩要須道路臨岐繾綣盡態亦然相看臨野水獨自上孤舟長因送人處憶得别家時外此曾未多見徐道暉不來相送處恐有獨歸時脫胎語爾余往歲嘗從貴游觀畫卷首題云長江風送客空館雨留人因慨古今詩意無窮語出唐人必矣

建中諸國中坡公自儋北歸卜居陽羡陽羡士大夫猶畏而不敢與游獨士人邵民瞻從學於坡坡公亦

喜其人時時相與杖策過長橋訪山水爲樂邵爲坡買一宅爲緡五百坡傾囊僅能償之卜吉入居既得日矣夜與邵步月偶至村落聞婦人哭聲極哀坡徙倚聽之曰異哉何其悲也豈有大難割之愛觸於其心歟吾將問之遂與邵推扉而入則一老嫗見坡泣自若坡公問嫗何爲哀傷至是嫗曰吾有一居相傳百年保守不動以至於此吾子不肖舉以售人吾今日遷徙來歲百年舊居一旦訣別此吾所以泣也坡亦爲之愴然問其故居所在則坡以五百緡所得者

也因再三慰撫謂曰嫗之故居乃吾所售也不必深悲當以是居還嫗卽命取屋券對嫗焚之呼其子命翼日迎毋還舊居不索其直坡自是遂還毗陵不復買宅借顧塘橋孫氏居暫住焉是歲七月坡竟歿于借居余兒在孫年方二九強記知文人謂吾家異時千里駒也不幸爲十四姪婦陳氏貪利余產在兒血氣未定墮其危機旣而恚恨愧悔輒輕其生丙寅三月十三日也余垂老失依且思在兒姿貌氣度眞有大難割之愛哭泣送日天爲苦陰而族里聞若不聞

未知炎涼休戚之二人有一公論存歟否耶孤猿憶子抱樹酸號塗旅之方聞三聲而下淚余雖負譴謫人豈料其無告之至於斯歟豈以爲余爲善哭徒有類於唐衢者歟感披公事重爲之涕咽因書以自責且告世之仁人君子共知前輩行事蓋如此云

林廬暇日花蝶怡情宜有見於篇章者往往精覘始能逼真而閑澹之氣易至偏失要在不相謀而兩得也詠蝶如唐僧可朋乍當暖景飛仍慢欲就芳叢舞更高僧懷古霧開離草迥風逆到花遲俱未若陌上

斜飛去花間倒翅卹尤精余曩憇吳山偶吳僧舉似四韻歲久忘其首句一叢浮動戲蘭芽裁成碧玉撥頭樣畫作黃金便面花閒過樓臺飛盡日又因風雨宿誰家兒童愛把襜褕撲驚起雙雙貼綵霞惜俱忘爲誰氏所作閱和靖集亦有之細眉雙聳敵秋毫荏苒芳園日幾遭清宿露花應自得暖風和絮欲爭高情人殁久魂猶在傲吏齊來夢亦勞閑掩遺編苦堪恨不并香草入離騷精緻不減唐人閑澹有之獨恐非晚年作耳

詩無不本於性情自詩之體隨代變更由是性情或隱或見若存若亡深者過之淺者不及也昔坡公云蘇李之天成曹劉之自得陶謝之超然固已至矣李杜以英偉絕世之姿凌跨百代古之詩人盡廢然魏晉以來高風絕塵亦少衰矣坡公本不以詩專門使并上下漢魏晉唐出入蘇李曹劉陶謝李杜潛窺沉翫實領懸悟能自信其折衷如是之的乎醫和之目無復逝疢理固然也如天成如自得如超然則夫詩之體如東坡公所評亦宜窺翫領悟毋忽焉可也歟

公獨以柳子厚韋應物發纖穠於簡古寄至味於淡泊蓋韋柳皆以靖節翁爲指歸而卒之齊足並驅也彼公每表和陶諸篇可以見其所趣無不及焉雖然漢魏晉曷嘗舍去性情別出意見而習爲高遠之言哉當其代殊體變性與情之隱見存亡淺深雖其一時之名能詩者亦不能自必其所至之然也唐風既昌一聯一句滿聽清圓流液雋永首肯變蹄性情信在是矣然詞藻勝則糟粕律度嚴則拘窘能不脂韋於二蔽之間而脫穎奇焉則天成自得超然何得無

之至於作止雍容聲容惋穆覩温柔敦厚之教庶幾無論漢魏顧晉以下諸人自靖節翁之外似未諭也太常博士尨全先生王公名澡字身甫有落梅小詞踐明瘦直不受東皇　紹與伴春終肯于紅底怎着得夜色何處笛曉風無奈力若在壽陽宫院一點點有人描劉公潛夫焚之已附此詞於後村集詩話中予亦僭附之拙稾雖然先生文行表表一詞固何足爲先生軒輊也予少卽登門以先公同生丙戌且相友善之故遂辱撰先公墓銘誌中有文不逮岳而岳

强以銘之語當知前輩獎掖後進有如此也
一盤消夜江南果喫栗看書只清坐罪過梅花料理
我一年心事半生牢苦盡向今宵過此身本是山中
箇纔出山來便帶差年種青松應是大縛茅深處抱
琴歸去又是明年話此薛泳沂叔客中守歲詞也沂
叔久客江湖瀕老懷歸遂賦此詞晚於溪上小築扁
水竹居迄就窆焉其所爲詩如新堤小泛柳斷橋方
出煙深寺欲浮早秋歸興歸心如病葉一片落江城
鎮江逢尹惟曉欲說事都忘相看心自知皆去唐人

思致不遠
應次蘧字正子嗜酒跌傾嘗自賞其梅詞云雪意嬌春臘前粧點春風面粉痕冰片一笑重相見倚竹偎松誰道羅浮遠寒更轉楚騷爲伴韻遠香籌暖語意細潤似不類其爲人別去二十餘年一見傾倒予戲謂正子君他文未必盡傳異時容以梅闋貴予刊藁否乎正子起謝且喜以語之他友後不知其蹤跡何在殆亡久矣予雖戲言顧不謂之然諾況何可藏項斯善也

吾鄉許左之右之二公兄弟落筆皆不凡左之公一夕寓飲妓坊醉欲狎之妓蜜有所懽在矣公援筆賦詞而起云誰知花有主誤入花深處放直下酒盃乾便歸去又代他妓小詞憶你當初惜我不去傷我如今留你不住去客聽此戀戀踰時妓迄後謝如月在梛稍頭人約黄昏後一詞正歐陽居士所作要之前輩多一時弄翰要不容以浮薄議左之公也因思唐多才妓有贈新第士人絶句從此不知蘭麝貴夜來新惹桂枝香殊有風味使從假倩當不傳載矣二許

公紹興間同歲籍學前二詞蓋休澣日漫游酒邊作也

涑雪偶談終

俗考

宋　洪邁述　桃源江盈科補

上元張燈

上元張燈太平御覽所載史記樂書曰漢家祀太一以昏時祠到明今人正月望日夜游觀燈是其遺事而今史記無此文唐韋述兩京新記曰正月十五日夜勑金吾弛禁前後各一日以看燈本朝京師增爲五夜俗言錢忠懿納土進錢買兩夜如前史所謂買宴之比初用十二十三夜至崇寧初以兩日皆國忌

遂展至十七十八夜予按國史乾德五年正月詔以
朝廷無事區宇乂安令開封府更增十七十八兩夕
然則俗云因錢氏及崇寧之展日皆非也太平興國
五年十月下元京城始張燈如上元之夕至淳化元
年六月始罷中元下元張燈

重陽上巳改日

唐文宗開成元年歸融爲京兆尹時兩公主出降府
司供帳事繁又時近上巳曲江賜宴奏請改日上巳
去年重陽改九月十九日未失重陽之意而至展一

句乃知鄭谷所賦十日菊詩云自緣今日人心別未必秋香一夜衰亦爲未盡也唯東坡公有菊花開時卽重陽之語故記其在海南藝菊九畹以十一月望與客泛酒作重九云

歲旦飲酒

今人元日飲屠酥酒自小者起相傳已久然固有來處後漢李膺杜密以黨人同繫獄值元日於獄中飲酒先從小者何也勛曰俗以小者得歲故先酒賀之老者失時故後飲酒初學記載四民月令云正旦進

酒次第當從小起以年小者起先唐劉夢得白樂天元日舉酒賦詩劉云與君同甲子壽酒讓先杯白云與君同甲子歲酒合誰先白又有歲假內命酒一篇云歲酒先拈辭不得被君推作少年人東坡亦云但把窮愁博長健不辭最後飲屠酥其義亦然

男子運起寅

今之五行家學凡男子小運起於寅女子小運起於申莫知何書所載淮南子汜論訓篇云禮三十而娶許叔重注曰三十而娶者陰陽未分時俱生於子男

從子數左行三十年立於巳女從子數右行二十年亦立於巳合夫婦故聖人因是制禮使男子三十而娶女二十而嫁其男子自巳數左行十得寅故人十月而生於寅故男子數從寅起女自巳數右行得申亦十月而生於申故女子數從申起此說正爲起運也

酒肆旗望

今都城與郡縣酒務及凡鬻酒之肆皆揭大帝於外以青白布數幅爲之微者隨其高卑小大村店或挂

餅瓢標箒科唐人多詠於詩然其制蓋自古以然矣韓非子云宋人有酤酒者斗槩甚平遇客甚美懸幟甚高而酒不售遂至於酸所謂懸幟者此也

六更

漢書斥候士百餘人五分夜擊刁斗自守師古曰夜有五更故分而持之唐六典太史門典鐘二百八十人掌鐘漏故詩云促漏遥鐘動靜聞其漏五五相遞凡二十五點故李郢詩云二十五聲秋點長韓退之詩鷄三號更五點宋宮而及州縣更漏皆去五更後二

點又并初更去其二點首尾止二十一點至今仍之故曰一更三點禁人行五更三點放人行宋太祖以鼓多驚寢遂易以鐵磬此更鼓之變也或謂之鉦即今之雲板也陳履常詩殘點連聲殺五更汪元量詩亂點傳籌殺六更今報更鼕鼕鼓將盡則雲板連敲謂之殺更衛公兵法曰鼓三百三十三槌爲一通角吹十二聲爲一疊鼓止角動也司馬法曰昏鼓四通爲大鼜夜半三通爲晨戒旦明三通爲發餉今早晚各止三通也其鐘聲則一百八撞以應十二月二十

四氣七十二候之數

漢田畝價

東方朔曰豐鎬之間號爲土膏其價畝一金杜篤曰厥土之膏畝價一金費鳳碑曰祖業良田畝直一金按漢金一斤爲錢十千是知漢田每畝十千與斤大率相似僕觀三十年前有司留意微理所在多爲良田大家爭售主倍其直而邇年以來有司狃于姑息所在習頑爲風舉向來膏腴之土損半直以求售往往莫敢鄉邇世態爲之一變甚可歎也

纏足

婦人扎脚纏足古未嘗有俗傳起于西施然莫可攷也洛浦賦淩波微步趙飛燕能爲掌上舞綠珠步香塵無跡皆喻其體輕未始顯言足小也然稱其步微掌上無跡則纖細亦可想見矣自南唐李後主令窅娘以帛繞脚令纖小屈上作新月狀則今之遺風也

漢唐酒價

歷陽郭次象多聞嘗與僕論唐酒價郭謂前輩引老杜詩速令相就飲一斗恰有三百青銅錢以此知當

時酒價然白樂天與劉夢得沽酒閒飲詩曰共把十千沽一斗相看七十欠三年當劉白之時酒價何太不廉哉僕謂不然十千一斗乃詩人寓言此曹子建樂府中語耳唐人引此甚多如李白詩曰金尊沽酒斗十千王維詩曰新豐美酒斗十千崔輔國詩曰與沽一斗酒恰用十千錢許渾詩曰十千沽酒留君醉權德輿詩曰十千斗酒不知貴陸龜蒙詩曰若得奉君歡十千沽一斗唐人言十千一斗類然一斗三百錢獨見子美所云故引以定當時之價然詩人所言

出於一時又未知果否一斗三百別無可據唐食貨志云德宗建中三年禁民酤以佐軍費置肆釀酒斛收直三千此可驗乎又觀楊松玠談藪北齊盧思道嘗云長安酒賤斗價三百杜詩引此亦未可知僕因謂郭曰曾知漢酒價否郭無以應僕謂漢酒價每斗一千郭謂出於何書僕曰此見典論曰孝靈帝末年百司湎酒一斗直千文此可證也

春畫

後世淫巧百狀今所謂春畫其來亦久漢廣川王畫

屋爲男女臝交接置酒請諸父姊妹飲令仰視畫坐
廢齊鬱林王於潘妃諸閤壁皆圖男女私褻之狀宋
劉瑱畫鄱陽王與寵姬照鏡欲偶交狀以寄其妹此
皆信史所書迷樓記云揚州刺史獻煬帝烏銅屏帝
曰繪者假也此得人之真形勝繪萬倍矣釋氏十誦
律亦有畫女與人女同之說癸辛雜識言高麗人作
不肖之畫於扇上

男人傅粉

世說載何晏潔白魏帝疑其傅粉以湯餅試之其拭

愈白知其非傅粉也考魏略晏自喜動靜粉白不去手則知晏常傅粉矣前漢佞幸傳籍孺閎孺傅脂粉以婉媚幸上此不足道也東漢李固傳章曰大行在殯路人掩涕固獨胡粉飾貌搔頭弄姿槃旋偃仰從容冶步略無慘怛之心顏氏家訓謂梁朝子弟無不熏衣剃面傅粉施朱以此知古者男子多傅粉者

重三

今言五月五日曰重五九月九日曰重九則三月三日亦宜曰重三觀張說文集三月三日詩暮春三月

日重三此可據也曲水侍宴詩三月重三日此可據

也

解喭

喭云猪來窮家狗來富家猫來孝家故猪猫二物皆爲人忌有至必殺之而邑中博士常戲爲解一人曰喭語政不爾無足忌者蓋窮家籬穿壁破故猪來非猪能兆窮也富家飲饌豐遺骨多故狗來非狗能兆富也家多鼠乗爲耗故猫來孝家則耗之訛非猫能兆孝也此說甚當余邑文喭云笑狗落雨博士曰此

亦不然笑狗謂痩狗西江人呼痩爲笑落雨者謂落尾亦西江人讀字之訛也余毎觀狗之痩者尾必下妥此解亦確不可易所謂邇言必察者非耶

女樂

女樂之興本由巫覡周禮所謂以神任者在男曰巫在女曰覡巫覡在上古已有之汲冢周書所謂神巫用國觀楚辭九歌所言巫以歌舞悅神其衣被情態與今倡優何異伊尹書云敢有恒舞于宫酣歌于室時謂巫風巫山神女之事流傳至今蓋有以也晉夏

綄傳女巫章丹陳珠二人並有國色裝服雅麗歌舞輕徊其解佩褫紳不待低帷昵枕矣其惑人又豈下於陽阿兆里哉

戲媍

抱朴子疾謬篇云世俗有戲婦之法於稠衆之中親屬之前問以配言責以慢對其爲鄙瀆不可忍論或蹙以楚撻或繫足倒懸酒客酗醟不知限劑至使有傷於流血踒折支體者可歎也古人感離別而不滅燭悲代親而不舉樂禮論娶者羞而不賀今旣不能

動蹈舊典至於德爲鄉閭之所敬言爲人士之所信宜正色矯而呵之何爲同其波流長此敝俗哉今此俗世尚多有之娶婦之家新壻避匿羣男子競作戲調以弄新婦謂之謔親或褰裳而針其膚或脫履而規其足以廟見之婦同于倚市門之倡誠所謂敝俗也然以抱朴子考之則晉世巳然矣歷千餘年而不能變可怪哉

僕衣皂白

漢官吏著皂其給使賤役著白按谷永日擢之皂衣

之吏張敞曰敞備皂衣二十餘年注云雖有四時服至朝皆著皂衣兩龔傳曰聞之白衣戒君勿言注白衣給使官府趨走賤人若今諸司亭長掌內之屬晉陶淵明謂白衣送酒是也又觀戰國策左師公謂臣有賤息願令補黑衣之數以衛王宮知官吏著皂舊矣

小食

漫錄謂世俗例以早晨小食爲點心自唐巳有此語鄭傪爲江淮留後夫人曰爾且點心或謂小食亦罕

知出處昭明太子傳曰京師穀貴改常饌爲小食小食之名本此

噴嚏

今人噴嚏不止者必噀唾祝云有人說我婦人尤甚予按終風詩寤言不寐願言則嚏鄭氏箋云我其憂悼而不能寐女思我心如是我則嚏也今俗人嚏云人道以此古之遺語也乃知此風自古以來有之

字省文

今人作字省文以禮爲礼以處爲処以與爲与凡章

奏及程文書冊之類不敢用然其實皆說文本字也許叔重釋礼字云古文処字云止也得几而止或從處方字云賜予也方與同然則當以省文者爲正

放錢

今人出本錢以規利入俗語謂之放債又名生放予考之亦有所來漢書谷永傳云至爲人起責分利受謝顔師古注曰言富賈有錢假託其名代之爲主放與他人以取利息而共分之此放字所起也

俗語所出

樓羅見南史嘌門見晉書主顧見東漢人力見北史承受見後漢證左見前漢相僕見吳書直日見禮記注門客見南北史察子見唐書駔儈見前漢求食見左傳措大見唐書高手醫見晉書小家子無狀子見前漢浮浪人見隋書茶博士見語林酒家兒見欒布傳厨下兒見吳書家常使令見衛子夫傳快活三郎見開天傳信錄掉書袋見南唐書同年友見劉禹錫集註齋襯錢年月日子入粗入細看人眉睫見南北史近市無價見曾子巧詐寧拙誠見說苑十指有長

短痛惜皆相似見曹植詩賣漿值天涼見姜子牙語近朱赤近墨黑見傅玄太子箴積財千萬不如薄藝隨身教兒嬰孩教婦初來見顏氏家訓生爲人所咀嚼死爲人所懽快見左雄語舉頭三尺有神明見徐鉉語龍生龍鳳生鳳見丹霞語對牛彈琴作死馬醫冷灰豆爆皆見禪錄似此等語不可枚舉今鄙俗語謂不在被中眠安知被無邊而盧仝詩曰不予衾之眠信予衾之穿謂一日不作一日不食而趙世家曰一日不作百日不食謂讓一寸饒一尺則曹氏令曰

讓禮一寸得禮一尺謂三世仕宦方解著衣喫飯而曹氏令曰三世長者知被服五世長者知飲食

端午

唐玄宗以八月五日爲千秋節張說上大衍曆序云謹以開元十六年八月端午獻之唐類表有宋璟請八月五日爲千秋節表云月惟仲秋日在端午然則凡月之五日皆可稱端午也余觀俗世說齊映爲江西觀察使因德宗誕日端午爲銀餅高八尺以獻是亦有端午之説

貧富習常

少時見前輩一說云富人有子不自乳而使人棄其子而乳之貧人有子不得自乳而棄之以乳他人之子富又懶行而使人肩輿貧人不得自行而又肩輿人是皆習以爲常而不察之也天下事即以爲常而不察者推此亦多矣而人不以爲異悲夫甚愛其論後乃得之於晁以道客語中故謹書之盖廣其傳

得意失意詩

舊傳有詩四句誦世人得意者云久旱逢甘雨他鄉

見故知洞房花燭夜金榜挂名時好事者續以失意四句曰寡婦携兒泣將軍被敵擒失恩宮女面下第舉人心此二詩可喜可悲之狀極矣

唐詩戲語

士人於棋酒間好稱引戲語以助譚笑大抵皆唐人詩後生多不知所從出漫識所記憶者於此公道世間惟白髮貴人頭上不曾饒杜牧送隱者詩也因過竹院逢僧話又得浮生半日閒李涉詩也只恐爲僧僧不了爲僧得了盡輸僧啼得血流無用處不如緘

口過殘春杜荀鶴詩也數聲風笛離亭晚君向瀟湘我向秦鄭谷詩也今朝有酒今朝醉明日愁來明日愁勸君不用分明語語得分明出轉難自家飛絮猶無定爭解垂絲絆路人明年更有新條在撓亂春風卒未休采得百花成蜜後不知辛苦為誰甜羅隱詩也高駢在西川築城禦蠻朝廷疑之徙鎮荆南作聽箏詩以見意曰昨夜箏聲響碧空宮商信任往來風依稀似曲才堪聽又被吹將別調中今人亦好引此

五俗字

書字有俗體一律不可復改者如沖涼況減決五字悉以水爲冫筆陵切與冰同雖士人札翰亦然玉篇正收入於水部中而冫部之末亦存之而皆注云俗乃知由來久矣唐張參五經文字亦以爲訛

烏頭白

今人喻事之難濟有老鴉頭白之說觀燕太子丹質於秦欲求歸秦王曰烏頭白馬生角乃可事見風俗通論衡是以曹子建詩曰子丹西質秦烏頭馬角生鮑照詩曰潔誠洗志朝暮年烏白馬角寧足言太史

公但云天雨粟馬生角

一丁

今文人多用不識一丁字祖唐書挽兩石弓不如識一丁字出處考之乃个字非丁字按續世說書此个字蓋个與丁相公傳寫誤焉後又觀張翠微考異亦謂个字乃知世說之言爲信又觀蜀志南史皆有所識不過十字之語世通謂王平所識僅通十字恐是十字亦未可知十與丁字又相似其文亦有據也此與淮南子言宋景公熒惑徙三舍之謬同史記謂三

度、

杜撰

包彈對杜撰爲甚的包拯爲臺官嚴毅不恕朝列有過必須彈擊故言事無瑕疵者曰沒包彈杜默撰詩多不合律故言事不合格者爲杜撰世言杜撰包彈本此然又觀俗有杜田杜園之說杜之云者猶言假耳如言自釀薄酒則曰杜酒子美詩有杜酒偏勞勸之句子美之意蓋指杜康意與事適相符合有如此者此正與杜撰之說同湘山野錄載盛文肅公撰文

節神道碑石參政中立急問曰誰撰盛卒曰虔撰滿堂大笑文肅在杜默之前又知杜撰之說其來久矣

一頓

漫錄曰食可以言頓世說羅友曰欲乞一頓食余謂頓字豈惟食可用如前漢書一頓而成是言事也唐書打汝一頓是言杖也晉書一時頓有兩玉人是言人也宋明帝王忱嗜酒時以大飲爲上頓是言飲也豈獨食哉續釋常談引世說以證一頓二字出處不知二字已見前漢書矣

厖剌

厖剌虜最醜惡北人詆婦女之不正者曰厖剌國

利市

利市之説世俗皆然其實六經中已有此字易説卦與爲利市三倍

老物

俗斥年長者爲老物實非惡語人亦物也故曰人物況六經中已有之周禮籥祭章祭蜡以息老物

私科子

雛雉所乳曰窠即科也晏子春秋殺科雉者不出三月蓋言官妓出科私娼不出科如乳雛也又老妓名鴇子一作鴇似大雁無後趾虎文性羣居俗呼獨豹老妓似之

不中用

俚談以不可用爲不中用自晉時已有此語左傳成二年郤子曰克於先大夫無能爲役杜預註不中用爲之役使

放手鬆

今言官府貪汙失操守者曰放手鬆後漢書殘吏放手蓋以貪縱爲非者曰放手也又錢財入手曰斂手蓋言如蚍狗之咬手而不可放脫也其過寸官吏贓者曰統手蓋言內外一體如猿猴之統臂也

籠街

今之喝道即籠街也唐時言中丞呵止不半坊令兩坊詔傳呼不得過三百步

俗考終

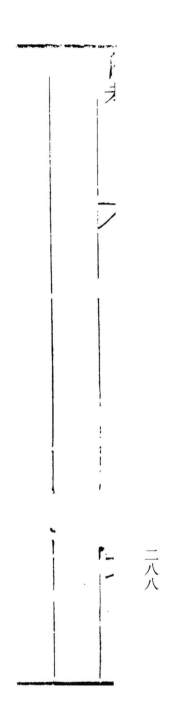

續齊諧記

梁　吳均著　武林徐仁中閱

金鳳凰

漢宣帝以皁蓋車一乘賜大將軍霍光悉以金鈠具至夜車轄上金鳳凰輒亡去莫知所之至曉乃還如此非一守車人亦嘗見後南郡黃君仲北山羅鳥得鳳凰入手即化成紫金毛羽冠翅宛然具足可長尺餘守車人列上云今月十二日夜車轄上鳳凰俱飛去曉則俱還今則不返恐爲人所得光甚異之具以

列上後數日君仲詣闕上鳳凰子云今月十二夜北山羅鳥所得帝聞而疑之置承露盤上俄而飛去帝使尋之直入光家止車轄上乃知信然帝取其車每遊行卽乘御之至帝崩鳳凰飛去莫知所在嵇康詩云翩翩鳳轄逢此網羅

紫荊樹

京兆田真兄弟三人共議分財生貲皆平均惟堂前一株紫荊樹共議欲破三片明日就截之其樹卽枯死狀如火然真往見之大驚謂諸弟曰樹本同株聞

將分斫所以顛頓是人不如木也因悲不自勝不復解樹樹應聲榮茂兄弟相感合財寶遂爲孝門眞仕至大中大夫陸機詩云三荊歡同株

華陰黃雀

弘農楊寶性慈愛年九歲至華陰山見一黃雀爲鴟梟所搏逐樹下傷瘢甚多婉轉復爲螻蟻所困寶懷之以歸置諸梁上夜聞啼聲甚切親自照視爲蚊所嚙乃移置巾箱中啖以黃花逮十餘日毛羽成飛翔朝去暮來宿巾箱中如此積年忽與群雀俱來哀鳴

遊堂數日乃去是夕寶三更讀書有黃衣童子曰我王母使者昔使蓬萊爲鴟梟所搏蒙君之仁愛見救今當受賜南海別以四玉環與之曰令君子孫潔白且從登三公事如此環矣寶之孝大聞天下名位日隆子震震生秉秉生彪四世名公及震葬時有大鳥降人皆謂眞孝招也蔡邕論云昔日黃雀報恩而至

洛水白獺

魏明帝遊洛水水中有白獺數頭美靜可憐見人輒去帝欲見之終莫能遂侍中徐景山曰獺嗜鯔魚乃

不避死畫板作兩生鯔魚懸置岸上於是群獺競逐一時執得帝甚佳之曰聞卿善畫何其妙也答曰臣亦未嘗執筆然人之所作可庶幾耳帝曰是善用所長。顏公庭誥云徐景山之畫獺是也

燕墓斑狸

張華爲司空于時燕昭王墓前有一斑狸化爲書生欲詣張公過問墓前華表曰以我才貌可得見司空耶華表曰子之妙解無爲不可但張公制度恐難籠絡出必遇辱殆不得返非但喪子千年之質亦當深

誤老表狸不從遂詣華見其容止風流雅重之於是論及文章聲實華未嘗勝次復商略三史探貫百氏包十聖洞三才華無不應聲屈滯乃歎曰明公當尊賢容衆嘉善矜不能奈何憎人學問墨子兼愛其若是耶言卒便退華已使人防門不得出既而又問華曰公門置兵甲闌錡當是疑僕也恐天下之人卷舌而不談知謀之士望門而不進深爲明公惜之華不答而使人防禦甚嚴豐城人雷煥博物士也謂華曰聞魅鬼忌狗所别者數百年物耳千年老精不復能

別惟千年枯木照之則形見昭王墓前華表已當千年使人伐之至聞華表言曰老狸不自知果誤我事於華表穴中得青衣小兒長二尺餘使還未至洛陽而變成枯木遂燃以照之書生乃是一斑狸茂先歎曰此二物不值我千年不復可得

通天犀蠹

東海蔣潛嘗至不其縣路次林中露一屍巳自臭爛鳥來食之輒見一小兒長三尺驅鳥鳥即起如此非一潛異之看見屍頭上着通天犀蠹揣其價可數萬

錢潛乃拔取既去見衆烏集無復驅者潛後以此蠹上晉武陵王晞晞薨以襯衆僧王武剛以九萬錢買之後落褚太宰處復以餉齊故丞相豫章王王薨後納入江夫人遂斷以爲釵每夜輒見一兒繞牀啼叫云何爲見屠割必訴天當相報江夫人惡之月餘乃亡

籠歌小兒

桓玄簒位後來朱雀門中忽見兩小兒通身如墨相和作籠歌路邊小兒從而和之者數十人歌云芒籠

茵繩縛腹車無軸倚孤木聲甚哀楚聽者亡歸日旣夕二小兒入建康縣至閤下遂成雙漆鼓槌吏列云槌積久比恒失之而復得之不意作人也明年春而桓敗車無軸倚孤木桓字也荆州送玄首用敗籠茵包之又芒繩束縛其屍沈諸江中悉如所歌焉

陽羨書生

陽羨許彥于綏安山行遇一書生年十七八臥路側云脚痛求寄鵝籠中彥以爲戲言書生便入籠籠亦不更廣書生亦不更小宛然與雙鵞並坐鵞亦不驚

彥負籠而去都不覺重前行息樹下書生乃出籠謂彥曰欲爲君薄設彥曰善乃口中吐出一銅奩子奩子中具諸飾饌珍羞方丈其器皿皆銅物氣味香旨世所罕見酒數行謂彥曰向將一婦人自隨今欲暫邀之彥曰善又於口中吐一女子年可十五六衣服綺麗容貌殊絶共坐宴俄而書生醉臥此女謂彥曰雖與書生結妻而實懷怨向亦竊得一男子同行書生既眠暫喚之君幸勿言彥曰善女子於口中吐出一男子年可二十三四亦頴悟可愛乃與彥叙寒溫

書生臥欲覺女子口吐一錦行障遮書生書生乃畱
女子共臥男子謂彥曰此女子雖有心情亦不甚向
復竊得一女人同行今欲暫見之願君勿洩彥曰善
男子又於口中吐一婦人年可二十許共酌戲談甚
久聞書生動聲男子曰二人眠已覺因取所吐女人
還納口中須臾書生處女乃出謂彥曰書生欲起乃
吞向男子獨對彥坐然後書生起謂彥曰暫眠遂久
君獨坐當悒悒邪日又晚當與君別遂吞其女子諸
器皿悉納口中畱大銅盤可二尺廣與彥別曰無以

藉君與君相憶也。彦大元中爲蘭臺令史以盤餉侍中張散散看其銘題云是永平三年作

九日登高

汝南桓景隨費長房遊學累年長房謂曰九月九日汝家中當有災宜急去令家人各作絳囊盛茱萸以繫臂登高飲菊花酒此禍可除景如言齊家登山夕還見鷄犬牛羊一時暴死長房聞之曰此可代也今世人九日登高飲酒婦人帶茱萸囊蓋始於此

上巳曲水

晉武帝問尚書郎摯虞仲治三月三日曲水其義何
旨答曰漢章帝時平原徐肇以三月初生三女至三
日俱亡一村以爲怪乃相與至水濱盥洗因流以濫
觴曲水之義蓋自此矣帝曰若如所談便非嘉事也
尚書郎束皙進曰仲治小生不足以知此臣請說其
始昔周公成洛邑因流水泛酒故逸詩云羽觴隨波
流又秦昭王三月上巳置酒河曲見金人自河而出
奉水心劍曰令君制有西夏及秦霸諸侯乃因此處
立爲曲水二漢相緣皆爲盛集帝曰善賜金五十斤

左遷仲治爲城陽令

五花絲粽

屈原五月五日投汨羅水楚人哀之至此日以竹筒子貯米投水以祭之漢建武中長沙區曲忽見一士人自云三閭大夫謂曲曰聞君當見祭甚善常年爲蛟龍所竊今若有惠當以楝葉塞其上以綵絲纏之此二物蛟龍所憚曲依其言今五月五日作粽并帶楝葉五花絲遺風也

白膏粥

吳縣張成夜起忽見一婦人立於宅上南角舉手招成成即就之婦人曰此地是君家蠶室我即是此地之神明年正月半宜作白粥泛膏於上祭我也必當令君蠶桑百倍言絶失之成如言作膏粥自此後大得蠶今正月半作白膏粥自此始也

七夕牛女

桂陽成武丁有仙道常在人間忽謂其弟曰七月七日織女當渡河諸仙悉還宮吾向已被召不得停與爾別矣弟問曰織女何事渡河去當何還答曰織女

暫請牽牛吾復三年當還明日失武丁至今云織女嫁牽牛

眼明袋

弘農鄧紹嘗八月旦入華山採藥見一童子執五綵囊承栢葉上露皆如珠滿囊紹問曰用此何爲答曰赤松先生取以明目言終便失所在今世人八月旦作眼明袋此遺象也

梅溪石磨

吳興故鄣縣東三十里有梅溪山山根直竪一石可

高百餘丈至青而圓如兩間屋大四面斗絕仰之千雲外無登陟之理其上復有盤石圓如車蓋恒轉如磨聲若風雨土人號爲石磨轉快則年豐轉遲則歲儉欲知年之豐儉驗之無失

徐秋夫

錢塘徐秋夫善治病宅在湖溝橋東夜聞空中呻吟聲甚苦秋夫起至呻吟處問曰汝是鬼邪何爲如此饑寒須衣食邪抱病須治療邪鬼曰我是東陽人姓斯名僧平昔爲樂遊吏患腰痛死今在湖北雖爲鬼

苦亦如生爲君善醫故來相告秋夫曰但汝無形何由治鬼曰但縛茅作人按穴鍼之訖棄流水中可也秋夫作茅人爲鍼腰目二處并復薄祭遣人送後湖中及暝夢鬼曰已差并承惠食感君厚意秋夫宋元嘉六年爲奉朝請

清溪廟神

會稽趙文韶爲東宮扶侍坐清溪中橋與尚書王叔卿家隔一巷相去二百步許秋夜嘉月悵然思歸倚門唱西夜烏飛其聲甚哀怨忽有青衣婢年十五六

前日王家娘子白扶侍聞君歌聲有門人逐月遊戲遣相聞耳時未息文部不之疑委曲答之亟邀相過須臾女到年十八九行步容色可憐猶將兩婢自隨問家在何處舉手指王尚書宅曰是聞君歌聲故來相詣豈能爲一曲邪文部即爲歌草生盤石音韻清暢又深會女心乃曰但令有瓶何患不得水顧謂婢子還取箜篌爲扶侍鼓之須臾至女爲酌兩三彈泠泠更增楚絕乃令婢子歌繁霜自解裙帶繫箜篌腰叩之以倚歌歌曰日暮風吹葉落依枝丹心寸意愁

君未知歌繁霜侵曉幕何意空相守坐待繁霜落歌闋夜已久遂相佇燕寢竟四更別去脫金簪以贈文韶文韶亦答以銀椀白琉璃七各一枚既明文韶出偶至清溪廟歌神坐上見椀甚疑而悉委之屏風後則琉璃七在焉箜篌帶縛如故祠廟中惟女姑神像青衣婢立在前細視之皆夜所見者於是遂絕當宋元嘉五年也

齊諧志怪者也蓋莊生寓言耳今吳均所續特取義云耳前無其書也考文獻通考書目亦云至元

甲子吳郡陸友記

記終

昨夢錄

宋　康譽之撰　武林朱煒閱

滑臺南一二里有沙嶺橫出半河上立浮圖亦不甚高大河水泛溢之際其勢橫怒欲没孤城每至塔下輒怒氣遽息若不泛溢時及過滑臺城址則橫怒如故此殆天與滑臺而設也塔中安佛髮長及二丈有奇拳爲巨螺其大如容數升物之器髮之色非赤非青非緑人間無此色也髮根大於人指自根至杪漸殺焉使兩人對牽之人自其中來往無礙塔有賜名

忘之矣

西北邊城防城庫皆掘地作大池縱橫丈餘以蓄猛火油不閱月池土皆赤黄又別爲池而徙焉不如是則火自屋柱延燒矣猛火油者聞出於高麗之東數千里月初出之時因盛夏日力烘石極熱則出液他物遇之卽爲火惟眞瑠璃器可貯之中山府治西有大陂池郡人呼爲海子余猶記郡帥就之以按水戰試猛火油池之別岸爲虜人營壘用油者以油涓滴入火焰中過則烈焰遽發頃刻虜營淨盡油之餘力

入水藻荇俱盡魚鱉遇之皆死
開封尹李倫號李鐵面命官有犯法當追究者巧結形勢竟不肯出李憤之以術羅致之至又不遜李大怒眞決之數日後李方決府事有展榜以見者廳吏遽下取以呈其榜曰臺院承差人某方閱視二人遽升廳懷中出一牘云臺院奉聖旨推勘公事數内一項要開封尹李倫一名前來照鑑云云李卽呼廳司以職事付少尹遂索馬顧二人曰有少私事得至家與室人言乎對曰無害李未入中門覺有躡其後者

回顧則二人也李不復入但呼細君告之曰平生違條礙法事唯決其命官之失汝等勿憂也開封府南向御史臺北向相去密邇倫上馬二人前導乃宛轉繚繞由別路自辰巳至申酉方至臺前二人曰請索笏李秉笏又大喝云從人散呵殿皆去二人乃呼閽者云我勾人至矣以牘付閽吏吏曰請大尹入時臺門已半掩地設重限李於是搢笏攀緣以入足跌顛於限下閽吏導李至第二重閽吏相付授如前既入則曰請大尹赴臺院自此東行小門樓是也時已昏

黑矣李入門無人問焉見燈數炬不置之楣梁間而置之柱礎廊之第一間則紫公裳被五木披其面向庭中自是數門或綠公裳者皆如之李既見嘆曰設使吾有謀反大逆事見此境界皆不待捶楚而自伏矣李方惟無公吏輩有聲喏於庭下者李遽還揖之問之卽承行吏人也白李請行吏前導盤繞屈曲不知幾許至土庫側有小洞門自地高無五尺吏去幞頭匍匐以入李亦如之李又自嘆入門可得出否既入則供帳牀榻裀褥甚都有幞頭紫衫腰金者出揖

李曰臺官恐大尹岑寂此官特以伴大尹也後問之乃監守李獄卒耳吏告去於是捶楚冤痛之聲四起所不忍聞既久忽一卒持片紙書云臺院問李某因何到院李答以故去又甚久又一卒持片紙如前問李出身以來有何公私過犯李答並無過犯惟前真決命官爲罪犯去又甚久再問李真決命官依得祖宗是何條法李答祖宗即無真決命官條制時已五皷矣承勘吏至云大尹亦無苦事莫饑否李謂自辰已至是夜五皷不食平生未嘗如是恐饑於是腰金

者相對飲酒五盃食亦如之食畢天欲明捶楚之聲乃止腰金者與吏請李歸送至洞門曰不敢遠送請大尹徐步勿遽二人闔洞門寂不見一人李乃默記昨夕經由之所至院門又至中門及出大門則從人皆在上馬呵殿以歸後數日李放罷

西夏有竹牛重數百斤角甚長而黃黑相間用以製弓極佳尤且健勁其近弝黑者謂之後黶近稍近弝俱黑而弓面黃者謂之玉腰夏人常雜犀角以市焉人莫有知徃時鎮江裨將王詔遇有鬻犀帶者無他

文但峯巒高低繞人腰圍耳索價甚高人皆不能辨惟辛太尉道宗知此竹牛也爲予則貴爲他則不足道耳

建炎初中州有仕宦者踉蹌至新市暫爲寺居親舊絕無牢落淒涼斷其踪跡茫茫殊未有所向寺僧忽相過存問勤屬時時餽殽酒仕宦者極感之語次問其姓則曰姓湯而仕宦之妻亦姓湯於是通譜系爲親戚而致其周旋餽遺者愈厚一日告仕宦者曰聞金人且至台吕眷盍早圖避地耶仕宦者曰某中州人

忽到異鄉且未有措足之所又安有避地可圖哉僧曰某山間有菴血屬在焉其處可乎於是欣然從之印曰命舟以往虜已去僧曰事已小定駐蹕之地不遠公當速往注授仕宦者告以闕乏僧於是辦舟贈鏹二百緡使行仕宦者曰吾師之德于我至厚何以爲報僧曰既爲親戚義當爾也乃留其孥於菴中僧爲酌別飲大醉遂行翼日睡覺時日已高起視乃泊舟太湖中四旁十數里皆無居人舟人語啐啐過午督之使行良久始慢應曰今行矣既而取巨石磨斧

仕宦者罔知所措叩其所以則曰我等與官人無涉故相假借不忍下手官當作書別家付我訖自爲之所爾仕宦者惶惑顧望未忍即自引決則曰今幸尚早若至昏夜恐官不得其死也仕宦者於是悲慟作家書畢自沉焉時內翰汪彥章守霅川有趂郡自首者鞫其情實曰僧納仕宦之妻酬舟人者甚厚舟人毋以是持僧須索百出僧不能堪一夕中夜從將殺之舟人適出其妻自內窺月明中見僧持斧也乃告其夫舟人以是自首汪以謂僧固當死而舟人受賂

殺命官情罪俱重難以首從論其刑惟均可也又其妻請以亡夫告勑易度牒爲尼三事奏皆可汪命獄吏故緩其死使皆備受慘酷數月然後刑之

紹興辛巳余聽讀於建昌教官省元劉溥德廣語及余所生之地曰滑臺劉曰聞人之言黃河漲溢官爲送埽其說如何曰予不及見也尚聞先父言斯事民甚苦之蓋於無事時取長藤爲絡若今之竹夫人狀其長大則數百倍也實以芻藁土石大小不等每量水之高下而用之大者至於二千人方能推之於水

正決時亦能遏水勢之暴遇水高且猛時若拋土塊
於深淵耳此甚爲無益焉舍是則亦無他策也或不
幸方推之際怒濤遽至則溺死者甚多大抵止以塞
州城之門及鹽官場務之衙宇耳瀕河之民頗能覘
沙漲之形勢以占水之大小遠近往往先事而拒逆
來所以甚利便也又有絞藤爲繩緧結竹簑筏木柵
等謂之寸金藤有時不能勝水力即寸斷如剪郡縣
又科鄉民爲之所費甚廣大抵卷埽及寸金藤白馬
一郡每歲不下數萬緡白馬之西即底柱也水常高

柱礎大且河怒爲柱所扼力與石鬭晝夜常有聲如雷霆或有建議者謂柱能少低則河必不怒於是募工鑿之石堅竟不能就頗有溺者了無所益

畢少董言國初修老子廟廟有道子畫壁老杜所謂冕旒俱秀發旌旆盡飛揚者也官以其壁募人買有隱士亦妙手也以三百千得之於是閉門不出者三年乃以車載壁沉之洛河廟亦落成矣壁當再畫郡以請隱士隱士弗辭有老畫工夤緣以至者衆議誰當畫東壁隱士以讓畫工畫工弗敢當讓者再三隱

士遂就東壁畫天地隱士初落筆作前驅二人工就視之不語而去工亦畫前驅二人隱士往觀亦不語而去於是各解衣盤礴慘淡經營不復相顧及成工來觀其初有不相許之色漸觀其次廼遷咨嗟擊節及見輦中一人工遽駭下拜曰先生之才不可當也某自是焚作具不敢言畫矣或問之工曰前驅賤也骨相當嗔目怒髯可比騶馭近侍清貴也骨相當清奇龐秀可比臺閣至於輦中人則帝王也骨相當龍姿日表也可比至尊今先生前驅乃作清奇龐秀某

竊謂賤隸若此則何足以作近侍近侍纔可強力少加則何以作輦中之人也若貴賤之狀一等則不足以爲畫矣今觀之先生所畫前驅乃吾近侍也所畫近侍乃吾輦中人也洎觀輦中之人其神宇骨相蓋吾平生未嘗見者古圖畫中亦未之見此所以使吾慚愧駭服隱士曰此畫世間人也爾所作怒目虬髯則人間人耳人間人則面目氣象皆塵俗雖爾藝與其他工不同要之但能作人間爾工徃自毀其壁以家貧償之請隱士畢其事少董曰余訝隱士之畫如

韓退之作海神祠記蓋劈頭便言海之爲物於人間爲至大使他人如此則後必無可繼者而退之之文累千言所言浩瀚無溢蓋乃竭而不窮文竭而不困至於奪天巧而破鬼膽筆勢猶未得已世之作文者孰能若是故於論隱士之畫也亦然

北俗男女年當嫁娶未婚而死者兩家命媒互求之謂之鬼媒人通家狀細帖各以父母命禱而卜之得卜卽製冥衣男冠帶女裙帔等畢備媒者就男墓備酒果祭以合婚設二座相並各立小幡長尺餘者於

座後其未奠也二幡凝然直垂不動奠畢祝請男女相就若合巹焉其相喜者則二幡微動以致相合若一不喜者幡不爲動且合也又有慮男女年幼或未閒教訓男郎取先生巳死者書其姓名生時以薦之使受教女郎作冥器充保母使婢云屬既巳成婚則或夢新婦謁翁姑壻謁外舅也不如是則男女或作祟見穢惡之迹謂之男祥女祥鬼兩家亦薄以幣帛酬鬼媒鬼媒每歲察鄉里男女之死者而議資以養生焉

宣政間楊可試可弼可輔兄弟讀書精通易數明風角鳥占雲祲孤虛之術於兵書尤邃三人皆名將也自焚山回語先人曰吾數載前在西京山中遇出世人語甚款老人頗相喜勸予勿仕隱去可也予問何地可隱老人曰欲知之否乃引予入山有大穴焉老人入楊從之穴漸小扶服以入約三四十步即漸寬又三四十步出穴即田土雞犬陶冶居民大聚落也至一家其人來迎笑謂老人久不來矣老人謂曰此公欲來能相容否對曰此中地闊而民居鮮少常欲

人來居而不可得敢不容邪乃以酒相飲酒味薄而醇其香郁烈人間所無且殺雞爲黍意極歡至語楊曰速來居此不幸天下亂以一丸泥封穴則人何得而至又曰此間居民雖異姓然皆信厚和睦同氣不若也故能同居苟志趣不同疑間爭奪則皆不願其來吾今觀子神氣骨相非貴官即名士也老人肯相引至此則子必賢者矣吾此間凡衣服飲食牛畜絲纊麻枲之屬皆不私藏與衆均之故可同處子果來勿攜金珠錦繡珍異等物在此俱無用且起爭端徒

手而來可也指一家曰彼來亦未久有綺縠珠璣之屬衆共焚之所享者惟米薪魚肉蔬果此殊不闕也惟計口授地以耕以蠶不可取衣食於他人耳楊謝而從之又戒曰子來或遲則封穴矣迨暮與老人同出令吾兄弟皆休官以往矣公能相從否於是三楊自中山歸落乃盡損囊箱所有易絲與綿布絹先寄穴中人後聞可試幅巾布袍賣卜二弟築室山中不出俟天下果擾攘則共入穴自是聲不相聞先人常遣人至築室之地訪之則屋已易三主三楊所向不

可得而知也及紹興和好之成金人歸我三京余至京師訪舊居忽有人問此有康通判居否出一書相示則楊手扎也書中致問吾家意極殷勤且云予居於此飲食安寢終日無一毫事何必更求仙乎公能來甚善余報以先人沒於辛亥歲家今居宜興俟三京帖然則奉老母以還先生再能寄聲以付諸孤則可訪先生於清淨境中矣未幾金人渝盟予顛頓還江南自此不復通問

昨夢錄終

清尊錄

宋 廉宣撰 武林徐燗如閱

政和初冀州客次中或言其官之家有異事語未畢而其官者至因自言其妻生一男一女而歿其既再娶矣一日亡妻忽空中有聲如小兒吹吽子狀三二日輒一至其問之曰君亦有形乎曰有之即見形如平生敘舊感泣然近人輒引去常相距十許步因謂曰昔爲夫婦今忍不相親於是相與坐堂中其起執其手則堅冷如冰鐵妻勃然掣手去後五日乃復來

愠曰前日遽驚我何耶某再三謝之竟不可近久之後妻忽夢其先祖云汝夫前妻爲惟乃陰府失收耳今已召捕且獲後數日果絶

建炎初關陝交兵京西南路安撫使司檄諸郡凡民家畜三年以上糧者悉送官違者以乏軍興論金州石泉縣民楊廣貲鉅萬積粟支三十年因是悒悒得疾廣故豪横兼并其鄉鄰甚患苦之既病篤絶惡見人雖妻子不得見自隙窺之則時捽所藉稻藁而食累日所食方數尺乃死歛畢棺中忽有聲若踶蹋者

家人亟呼匠欲啓棺匠曰此此非甦活殆必有恠勿啓其子不忍啓之則一驢躍出嘶鳴甚壯衣帽如蟬蛻然家蘩之隙屋中一日其子婦持草飼驢忽跳齧婦臂流血婦𪓰暴忿怒取抹草刀刺之立死廣妻遂訴縣稱婦殺翁縣遣修武郎王直臣往驗之備得其事

興元民有得關遺小兒者育以爲子數歲美姿首民夫婦計曰使女也教之歌舞獨不售數十萬錢邪婦曰固可詐爲也因納深屋中節其食飲膚髮腰步皆飾治之比年十二三嫣然美女子也携至成都教以

新聲又絶警慧益秘之不使人見人以爲奇貨里巷民求爲妻不可曰此女當歸之貴人於是女儈及貴游好事者踵門一覿面輒避去猶得錢數千謂之看錢久之有某通判者來成都一見心醉要其父必欲得之與直至七十萬錢乃售既成券喜甚置酒與客飲使女歌侑酒夜半客去擁而致之房男子也大驚遣人呼其父母則遁去不知縱跡告官召捕之亦卒不獲時張子公尹蜀云

鄭州進士崔嗣復預貢入都距都城一舍宿僧寺法

堂上方睡忽有聲叱之者嗣復驚起視之則一物如鶴色蒼黑目炯炯如燈鼓翅大呼甚厲嗣復皇恐避之廡下乃止明日語僧對曰素無此惟第旬日前有叢柩堂上者恐是耳嗣復至都下爲開寶一僧言之僧曰藏經有之此新死屍氣所變號陰摩羅鬼此事

王碩侍郎說

狄氏者家故貴以色名動京師所嫁亦貴家明艷絕世每燈夕及西池春遊都城士女讙集自諸王邸第及公侯戚里中貴人家帟幕車馬相屬雖歌姝舞姬

皆飾璫翠佩珠犀覽鏡顧影人人自謂傾國及狄氏至靚粧却扇亭亭獨出雖平時妬悍自衒者皆羞服至相忿詆輒曰若美如狄夫人邪乃相凌我其名動一時如此然狄氏資性貞淑遇族遊群飲澹如也有滕生者因出遊觀之駭慕喪魂歸悒悒不聊生訪狄氏所厚善者或曰尼慧澄與之習生過尼厚遺之日日往尼愧謝問故生曰極知不可幸萬分一耳不然且死尼曰試言之生以狄氏告尼笑曰大難大難此豈可動邪具道其决不可狀生曰然則有所好乎

曰亦無有唯句日前屬我求珠璣頗急生大喜曰可也卽索馬馳去俄懷大珠二囊示尼曰直二十萬緡願以萬緡歸之尼曰其夫方使北豈能遽辦如許償邪生亟曰四五千緡不則千緡數百緡皆可又曰但可動不願一錢也尼乃持詣狄氏果大喜玩不已問須直幾何尼以萬緡告狄氏驚曰是纔半直爾然我未能辦奈何尼因屏人曰不必錢此一官欲祝事耳狄氏曰何事曰雪失官耳夫人弟兄夫族皆可爲也狄氏曰持去我徐思之尼曰彼事急且投他人可復得

邪姑留之。明旦來問報，遂辭去，且以告生，生益厚餉之。尼明日復往狄氏曰：我爲營之良易。尼曰：事有難言者。二萬緡物付一秃媪，而客主不相問，使彼何以爲信？狄氏曰：奈何？尼曰：夫人以設齋來院中，使彼若邂逅者，可乎？狄氏頳面搖手曰：不可。尼慍曰：非有他，但欲言雪官事，使彼無疑耳。果不可，我不敢強也。狄氏乃徐曰：後二日我亡兄忌日，可往。然立語亟遣之。尼曰：固也。尼歸，及門，生已先在，詰之，具道本末，拜之曰：儀秦之辨不加於此矣。及期，尼爲治齋具，而生匿

小室中具酒餚候之脯時狄氏嚴飾而至屏從者獨
携一小侍兒見尼曰其人來乎曰未也唄視畢尼使
童子主侍兒引狄氏至小室搴簾見生及飲具大驚
欲避去生出拜狄氏答拜尼曰郎君欲以一卮爲夫
人壽願勿辭生固頎秀狄氏頗心動睇而笑曰有事
第言之尼固挽使坐生持酒勸之狄氏不能却爲釂
卮即持酒酬生生因徙坐擁狄氏曰爲子且死不意
果得子擁之即幃中狄氏亦歡然恨相得之晚也比
夜散去猶徘徊顧生挈其手曰非今日幾虛作一世

人夜當與子會自是夜輒開垣門召生無闕夕所以奉生者靡不至惟恐毫絲不當其意也數月狄氏夫歸生小人也陰計已得狄氏不能棄重賂伺其夫與客坐遣僕入白曰某官嘗以珠直二萬緡賣第中久未得直且訟于官夫謂貽入詰狄氏語塞曰然夫督取還之生得珠復遣尼謝狄氏我安得此貸于親戚以動子耳狄氏雖恚甚終不能忘生夫出輒召與通逾年夫覺閑之嚴狄氏以念生病死余在太學時親見

崇寧中有王生者貴家之子也隨計至都下嘗薄暮被酒至延秋坊過一小宅有女子甚美獨立于門徘徊徙倚若有所待者生方注目忽有騶騎呵衛而至下馬於此宅女子亦避去匆匆遂行初不暇問其何姓氏也抵夜歸復過其門則寂然無人聲循墻而東數十步有隙地丈餘蓋其宅後也忽自內擲一兎出拾視之有字云夜於此相候生以墻上剝粉戲書兎背云三更後宜出也復擲入焉因稍退十餘步伺之少頃一男子至周視地上無所見徽嘆而去既而三

鼓月高霧合生亦倦睡欲歸矣忽墻門軋然而開一女子先出一老媼負笥從後生遽就之乃適所見立門首者熟視生愕然曰非也回顧媼媼亦曰非也將復入生挽而刼之曰汝爲女子而夜與人期至此我執汝詣官醜聲一出辱汝門戶我邂逅遇汝亦有前緣不若從我去女泣而從之生携歸逆旅匿小樓中女自言曹氏父早歿獨有巳一女母鍾愛之爲擇所歸女素悅姑之子某欲嫁之使乳媼達意於母母意以某無官弗從遂私約相奔墻下微嘆而去者當是

也生既南宮不利遷延數月無歸意其父使人詢之頗知有女子偕處大怒促生歸扃之別室女所齎甚厚大半爲生費所餘與媪坐食垂盡使人訪其母則以亡女故抑鬱而死久矣女不得已與媪謀下渉訪生所在時生侍父官閩中女至廣陵資盡不能進遂隸樂籍易姓名爲蘇媛生游四方亦不知女安否數年自浙中召赴闕過廣陵女以倡侍燕識生生亦訝其似女屢目之酒半女捧觴勸不覺兩淚墮酒中生悽然曰汝何以至此女以本末告淚隨語零生亦媿

歎流涕不終席辭疾而起密召女納爲側室其後生子仕至尚書郎歷數郡生表弟臨淮李從爲余言

大桶張氏者以財雄長京師凡富人以錢委人權其子而取其半謂之行錢富人視行錢如部曲也或過行錢之家設特位置酒婦女出勸主人皆立侍富人遜謝強令坐再三乃敢就位張氏子年少父母死主家事未娶因祠州西灌口神歸過其行錢孫助教家孫置酒數行其未嫁女出勸容色絶世張目之曰我欲娶爲婦孫皇恐不可且曰我公家奴也奴爲郎主

丈人隣里笑惟張曰不然煩主少錢物耳豈敢相僕隷也張固豪侈奇衣飾即取臂上古玉條脫與女且曰擇日納幣也飲罷去孫隣里交來賀曰有女爲百萬主母矣其後張別議婚孫念勢不敵不敢往問期而張亦恃醉戲言耳非實有意也逾年張婚他族而孫女不肯嫁其母曰張已娶矣女不對而私曰豈有信約如此而別娶乎其父乃復因張與妻祝神回并邀飲其家而使女窺之既去曰汝見其有妻可嫁矣女語塞去房内蒙被臥俄頃即死父母哀慟呼其鄰

鄭三者告之使治喪具鄭以送喪爲業世所謂仵作行者也且曰小口死勿停喪即日穴壁出瘞之告以致死之由鄭辦喪具見其臂有玉條脫心利之乃曰某一園在州西孫謝之曰良便且厚相酬號泣不忍視急揮去即與親族往送其殯而歸夜半月明鄭發棺欲取條脫女蹶然起顧鄭曰我何故在此亦幼識鄭鄭以言恐曰汝之父母怒汝不肯嫁而念張氏辱其門戶使我生埋汝於此我實不忍乃私發棺而汝果生女曰第送我還家鄭曰若歸必死我亦得罪矣

女不得已鄭匿他處以爲妻完其殯而徙居州東鄭有母亦喜其子之有婦彼小人不暇究所從來也積數年每語及張氏猶忿恚欲往質問前約鄭每勸阻防閑之崇寧元年聖端太妃上仙鄭當從御轝至永安將行祝其母勿令婦出遊居一日鄭母晝睡孫出僦馬直詣張氏門語其僕曰孫氏第幾女欲見某人其僕往通張驚且怒謂僕戲已罵曰賤奴誰教汝如此對曰實有之乃與其僕俱往視焉孫氏望見張跳踉而前曳其衣且哭且罵其僕以婦女不敢往解張

以爲鬼也驚走女持之益急乃擘其手手破流血推仆地立死僦馬者恐累也往報鄭母母訴之有司因追鄭對獄具狀已而園陵復土鄭發冢罪該流會赦得原而張實推女而殺之雜死罪也雖奏獲貸猶杖脊竟憂畏死獄中時吳栻顧道尹京有其事云

建炎初劇盜張遇起江淮間所至噬螫無噍類衆且數十萬其裨將馬吉者狀絕偉善用兵然頗仁慈每戒軍士勿妄殺人曰爲盜脫饑耳得食則已奈何廣殺凡虜獲士人及僧道輙條別善遇之有疾病視其

起居飲食甚篤士卒得女以獻者置別室訪其親戚還之無所歸者擇配嫁娉由是遇帳下諳之曰是收軍情者遇怒掃場欲斬之呼至數其罪嘻笑自若曰賊殺賊豈須有罪邪何云云如是我死固分耳旣就地坐瞑目合爪視之死矣遇雖殘忍亦爲變色左右至流涕古稱得道至人以至佛菩薩多隱盜賊牢獄屠釣中以其救人如吉殆是耶

富韓公謝事居洛一日邵康節來謁公已不通客惟戒門者曰邵先生來無早晚入報是日公適病是臥

小室延康節至臥床前康節笑曰他客得至此邪公亦笑指康節所坐胡床曰病中心怦怦雖兒子來立語遣去此一胡床惟待君耳康節顧左右曰更取一胡床來公問故答曰爪正中當有一綠衣少年騎白馬候公公雖病強見之公薨後此人當秉史筆記公事公素敬康節神其言因戒閽人曰今日客至無貴賤立爲通既午果范祖禹夢得來遂延入問勞稠疊且曰老病即死念平生碌碌無足言然麤懷朴忠他時筆削必累君願少留意夢得惶恐叵測避席謝後

十餘年修裕陵實錄、夢得竟爲修撰、韓公傳此事尹

侍郎說

雷申錫者江西人紹興中一舉中南省高第廷試前三日客死都下、捷音與訃踵至鄉里、其妻日夜悲哭、忽一夕夢申錫如平生、自言我往爲大吏有功德於民故累世爲士大夫然嘗誤入死因故地下罰我凡三世如意時暴死前一世仕久連蹇後忽以要官召纔入都門而卒今復如此凡兩世矣要更一世乃能以償宿譴耳其事可以有爲治獄者之戒

右清尊錄廉宣仲布所撰或謂陸公務觀所作非也葢二公同時後人因誤指耳至大改元三月㮣

石山人識

清尊錄終

吳　徐禎卿著　武林朱煒閱

九仙神

閩中仙遊縣有九仙山其神靈異能知人間未然之事人或禱請輒於夢中開示形兆始雖莫測事往而推無不徵驗神道顯秘莫可彈詰予所最徵實者吾鄉衡山文太守吳邑都庫部太倉州周二牧皆親詳其事故疏之云

文太守宗儒分符溫州未期遣人祈問壽算夢者見

一人謂之曰往山下當有優人作戲汝可觀之夢者曰太守令我祈問壽算耳其人荅云有孔老人還自問之言訖而去尋至山下遇有丹旐引喪而來果有羣優裝著綵衣蹁躚轝前後鼓樂導從賓客無不鮮盛夢者前致問云今日送葬當是何人有何官職而若是乎荅者曰吾鄉王太守死今當臨穴是以相送耳夢者驚寤自謂不祥乃隱此事不敢陳說徑白太守云蒙遣祈問一無荅但令問孔老人當自知之太守卽便搜訪果有此人昨被差遣將一大木付匠裁

鋸即召而問之曰汝計此合鋸幾何對曰已就鋸矣曰即計木板當得幾何對曰合得五十有六中腐其一數不得全耳太守怒曰木材如此何止此數便可經營復令益之對曰數已定矣復何及乎太守時年五十有五聞老人言不覺驚汗果及數乃疽發而卒

都庫部玄敬少貧病不得志嘗識一黃生閩中人也嘗遊吳門一日告歸因相語曰九仙山在吾境上其神靈驗子今坎坷吾當代卜即見復也玄敬喜諾即具手疏陳述其意贈以裹糧生遂辭去至祠所焚香

祈禱具白緣由夢入一室中見兩壁上倒懸二軸各書三大字曰在何處嵯峨高生未省諭沉吟再三忽有一人曰子何必疑彼將自知後來吳中具以事白玄敬不悟遍訪識者並不詳曉弘治甲寅年何中丞鑑來巡撫江南偶見都文深蒙獎歎往往薦揚自是知名郡縣大夫爭相引拔次年大比林御史塘即錄送試院有高士達者山西人也爲山東武定州學官來校文事閱玄敬文甚加稱賞遂獲中選其夢始著然嵯峨字義猶未解或曰二字上並有山文高本貫

山西又仕山東兩山字義亦甚明白何云不解其徵或然今何公爲南大司馬玄敬爲庫部其言益驗矣

周某閩人也爲常山縣學官仕既不達又復無子以是怏怏求禱於神卽夢一大舟舟尾上有二人坐舟中載一棺以繩纏縛甚堅既得此夢未審云何或曰舟中著棺當是州官船尾二人卽是舟子始大暢悅後果爲太倉州二牧生二子果如其占矣

異八

雷蓬頭者名太雲不知何許人也少爲書生好道術

入沙門游又棄而學仙成化間居太和山中敝衣蓬首行若飄雲人或於山下見之或失所在舉頭望之遙在高崖雲霧中相距萬仞或二三十里許或時假寐一室扃闔如故身已在他處山上祠宮咸固鎖鑰每鷄鳴諸山法鐘遠近俱發道士驚起曰雷仙人入宮矣荆王求見之固請曰側聞神仙之名久矣願乞片言雲曰予丐人也何足以語仙王曰汝年幾何矣曰雲半歲王曰汝何許人雲曰幽州生建康長廣東編戶遼東應役王澹然不悅曰今日幸奉至人願乞

道術云怒曰吾非俳優何術可施遂大相詆訾王不勝怒密遣人縶之噀以狗血遂裹以葦令厭之桎梏置獄欲殺之夜半忽不見成化末不知所終

福州安翁者以市酤爲業常有道人沽飲輒去不償直翁亦不責久之道人來會翁曰良意久不酬今幸枉過乞遂偕行翁許之須臾至一山下草菴中戚賓主畢道人曰有一道友去此甚近亦有仙術僕往邀請共君相娛可乎翁喜諾道人遂去久不來翁且餓顧室中蕭然無供具惟破釜在壁下餘飯可升許仰

視屋梁上懸橘數顆壁上張畫梅一軸翁不勝餓取釜中飯食訖道人適至曰道侶不遇無以爲欸不陋貧居可遂留數日耳翁懇辭道人再三曰煩君遠臨無以相贈奈何翁曰可掇壁間畫耳道人曰此吾道友之物奈何與君君既相愛吾當搨之耳既覆之以手拭之宛然如畫因題其上曰爲買東平酒一巵邇來相會話仙機壺天有路容人到凡骨無緣化鶴飛莫道烟霞愁縹緲好將家國認希夷可憐寂寞空歸去休向紅塵說是非翁持此遂別迷道不知所向問

野中人曰福州離此四日程耳翁始悟遇仙悵怏而歸翁後以壽終于家云

呂疙瘩者不詳其名里成化間嘗游於襄鄧河洛之間冬則臥雪夏則被褐好狎兒童且詬且詈競爲之結小髻每搖首則髮理如櫛復爲結之如螺然滿頭時人呼爲疙瘩一日履江水上江畔一婦人方晨汲見之曰呂公若能行水耶呂怒取其杖笞之復履江去弘治巳未相傳於隴右白日上昇而去

張皮雀者名道修少從其父叅議江西時每聞道院

鐘鼓笙磬之音輒往觀焉父不能禁後還吳中爲道
士師事胡風子胡風子師事莫月鼎授五雷法居玄
妙觀弟子甚衆欲密授道修以書置屋上覆瓦中呼
道修曰天將雨亟升屋敗隙補之道修如其言往胡
公曰得乎道修應曰得之矣於是始得秘訣驅風雷
如神常懷一皮雀卵小兒每出則小兒羣逐之故時
人謂之張皮雀好飲酒食狗肉常有病瘵者求治會
方啖狗肉遂以汁濡作符以授之曰謹握之及家而
後啓其人易之曰何物能治疾邪中途竊視之忽有

神人怒撻之幾絶一日行道中見一人責之曰汝婦將死盍返視邪入寢中婦果自縊忽絶而甦天亢旱太守朱勝求禱道修曰儒輩毋毀我欲雨設壇於學宫太守不可然不得已遂强設于里塾又令黄冠鑾之以行命置水於兩廡間呼羣兒侍諧笑滿前毋作符遣一兒投水中則雲氣生其上翕合雷電轟烈大雨如注道修大呼曰請誅貪吏諸吏曉伏莫敢仰視良久曰沾足乎衆曰然雨乃止江陰旱富民周氏請禱道修往視囷廩甚侈怒曰彼固求福已耳且爲之

禱雷雨大作道修曰彼爲富不仁請焚其廩火繞其
廬焚之幾盡吳江旱王道會者禱之雨巳作道修曰
王道會亦禱雨乎今日邂逅誠幸相角法術何如衆
驩然建兩壇道修謂道會曰左右何居道會觀東郊
巳雲遂卽左道修在右有頃雲歸于西東望皎然雨
忽大注道會大慚神驗甚衆不可測也居常忤兒意
每受箠不走但呼大宿世大宿世以壽終翌旦人於
松陵長橋上見之
趙頭陀成化間吳中有喫肉和尚自言從終南山來

問其姓名荅云是趙頭陀往來僧居不假寢榻常坐
於廊廡之間身着弊衲不易寒暑性好餔餟無所去
擇食如燎毛飲若塡壑人莫見其溲溺故呼爲喫肉
和尚毎見輒曰可作一齋爾後供者漸不能繼或絶
口累日亦復晏然有一少年惡其無厭欲試苦之值
大寒月邀請入舍乃款以餘庵羊脂雜物凝貯盂中
曰和尚食肉即擧手張口瞬息噉盡又將取水數升
與之曰和尚渴乎便復吸水遽足奉秫飯曰和尚飯
乎即飽飫一頓不謝而去亦無所苦嘗趺坐道上有

一縣吏呵導而來儼然不動吏怒命捽去鞭笞一十亦無嗔愧尋於故處還復安坐人皆笑之有高媪者時造其家輒具食一日忽來呼媪曰我欲行矣不爲他人作取檀越意在相報遂端坐簷下夜半而化晨有羣僧舁之而去閭巷男女聞有此事競來觀看投錢萬計媪意始解丹陽都玄敬博識士也嘗摩其顱門圓徑二寸虛通如穴光朗異常竟莫測其爲何如人也

張剌達者相傳是宋時人爲攀州掾嘗從州太守入

華山謁陳摶先生先生叙賓主就坐訖復設榻于左似有所伺太守不之悟已而一道人至藍袍葛巾蕭如也先生與之揖而坐焉道人邀而左據榻端坐傲然無遜容太守不悅先生事之甚恭因請曰先生袖中携有何物幸以相貺道人即探出棗三枚顏色各異乃以白者授陳先生赤者自吞食之青者授太守太守愈不悅持以奉掾掾遂啖之道人遽出太守問於先生曰是何道者先生固爲恭乎先生曰此純陽眞人也太守悔恨追不能及張公自後得道國初時

往往遊人間每顯異迹　太宗時開邸北平嘗召見之語有神異及即位思慕甚篤遣胡尚書濙遍海嶽間求訪之後于秦中邂逅宣述聖意企仰道眞乞迴鶴馭以慰睿望張公曰謹奉詔但道遠日久公先就駕予當繼至耳既而胡方入朝張公果至帝延入問之曰何爲是道曰能食能糞此即是道帝不悅曰卿有仙術爲朕試之以爲榮觀不亦可乎張公遣侍豎舁一甕來即指之曰臣欲入此以觀造化即投足縮首頃刻不見呼之則諾視之無形帝命擊破之使人

各持破甕一片呼之如月印水在在俱足隨呼而應莫知所爲帝曰卿可試出言訖張公忽在前帝曰卿可更窮造化之道張公曰諾卽走入柱中呼之復出帝歎曰妙哉張卿出幽入冥其至神乎張公復取水噀於中庭須臾變成巨川間岸沙際橫一渡舟張公舉手招之舟忽近人遂登舟去不知所之尋視庭際了無波痕後帝患疾食不下始悟張公之言歎曰張公其能鏡余之死生矣先是張公以草一莖授胡公曰異日陛下若有危疾以此療之於是帝服之果瘥

藝術

胡宏字任之寧波人少讀易遇一道人與語曰我有秘術子可受之但不營仕乃可免禍耳宏曰謹奉敎遂以卜筮授之發無不中有卜者毎聞宏作卦輒從鄰壁中聽之其説皆按易占無詭辭後知之遂不説易但言貞咎而已有一人家暴富心疑之宏爲設卦曰家有狸奴走入室是其祥也曰然曰狸形必大可稱之得幾斤曰七斤許曰富及七載狸奴當去何能久也及期狸果去不見家貧如初一人家夜有屍撑

于門莫知爲誰主人懼不敢啓扃踰垣而逃卜於宏宏曰有府胥姓某者往求之訟可解矣主人往索果得其人懇乞再三曰誠不敢諱是予某親非有宿嫌求棺耳召其子遺以金帛禍乃解嘗經吳閶門都彦容家將戒舟有唐貢士者偕其友三人來宏曰公等何爲曰行藏未卜幸先生教之曰草草不暇行當總筮之卦成宏折而論之曰某君勿行當有疾厄某君中乙科唐君後必爲御史後悉如其言平生占驗甚多每筮一卦則受金半兩以壽終於家

葛可久吳人也性豪爽好博少遇異人授以醫術不事方書中輒神異道有狂犬可久謂人曰誰當擒之卽可療惡少果環執之可久砭其腎犬臥良久差有羣少戲里中望見可久一少年從牖躍入室曰召可久診視之不驗則羣譟之強可久可久診之曰腸已斷矣當立死耳有頃少年果死朱彥脩嘗治浙中一女子瘵且愈頰上兩丹點不滅彥脩技窮謂主人曰須吳中葛公耳然其人雄邁不羈非子所致也吾遺書往彼必來主人悅具供帳舟楫以迎使至葛公方

興衆摶大叫使者俟立中庭葛公瞠目視之曰爾何
爲者使者奉牘跪上之葛公省書不謝客行亦不返
舍遂登舟比至彥脩語其故出女子視之可久曰法
當刺兩乳主人難之可久曰請覆以衣援針刺之應
手而滅主人贈遺甚豐可久笑曰吾爲朱先生來豈
責爾報邪悉置不受江浙行省左丞某者患癰疾彥
脩曰按法不治可久曰尚可刺彥脩曰雖可刺僅舉
體半耳亦無濟也家人固請遂刺之卒如彥脩言彥
脩且計日促之行曰當及家而絕已而果然二子治

驗兆顯

夢徵

楊中丞一清居京師時其友王溥武昌人也計偕而來嘗同旅舍禮試已畢比將徹闈中丞夜夢入府院中左右文書狼籍滿案有一文秩即啓視之乃試錄展覽始末悉便記憶既覺即與溥言曰公等成敗吾已卜矣溥戲詰之具白其故溥曰當有溥名否曰無也曰武昌一郡當得幾人曰合有二標一在通城一在江夏溥曰誰爲第一曰當是吳人又問其次曰海

南丘公雅所稱賞是其人也溥曰頗憶其文乎便了了誦之一無遺脱且曰曩論式唯是一篇今歲文塲嘗有聯壁溥笑曰公言若驗可謂通神旣而溥果下第第一人乃是松陵趙寬廉使其次即今孫光祿交葢丘公門士也謂二標者通城劉紹玄江夏許節檢閱文錄得論二篇其他記誦不爽豕亥溥大驚異知公非常人矣又明年溥始登第尋亦仕爲南康太守

飲客

曾公棨偉儀雄幹善飲喜啖人莫測其量張英國輔

欲試之密使人剖其腹作紙偏置聽事後命蒼頭視公飲飲幾許如器注偏中乃邀公飲竟日偏已溢別注甕中又溢公神色不動夜半英國具轝從送歸第屬使者善侍之意公必醉坐伺使者返命公歸亟呼家人設酒勞轝隸公取觴復大酌隸皆醉公方就寢英國聞之大驚史百戶者性嗜飲晝夜沉醉不少醒嘗日謁上官上官與之語憒然無所荅上官怒叱之曰汝醉邪其父聞之遂絕其飲久之病且作吳中名醫莫察有張致和者善深於脉理診之曰夜半當絕

勿復紛紛及期果欲絶其妻泣曰汝素嗜飲酒今死矣然久不得飲耶薦一杯與爾永訣死當無恨遂啓其齒以温酒灌之須臾鼻竅綿綿若有息焉又灌之而唇動又灌之而漸甦以報致和致和曰彼以酒爲生酒絶則生絶愼勿藥之當飲以醇酒耳如其言果愈又飲數年乃終

女士

沈氏秀州人聰慧能屬文少選入宮爲給事中孝宗皇帝嘗試六宮守宮論沈文最佳其發端云甚矣秦

之無道也宮豈必守哉上悅擢爲第一弟溥爲貢士就試春官沈瞻以詩云自少辭家侍禁闈人間天上兩依稀朝隨鳳輦趨青瑣夕捧鸞書入紫薇銀燭燒殘空有淚玉釵敲斷竟無歸年來望爾登金籍同補山龍上衮衣時競傳誦之

孟淑卿姑蘇人訓導澄之女有才辨工詩自以配不得志號曰荆山居士嘗論宋朱淑貞詩曰作詩須脫胎化質僧詩無香火氣乃佳女子鉛粉亦然朱生故有俗病李易安可與語耳爲士林所稱然性踈朗不

忌客世以此病之篇什甚富零落已多最傳者數篇悼亡詩云斑斑羅袖濕啼痕深恨無香使返魂荳蔻花開人不見一簾明月伴黄昏又春歸云落盡棠梨水拍堤淒淒芳草望中迷無情最是枝頭鳥不管人愁只管啼又長信秋詞末韻云君意一如秋節序不教芳草得長春冬詞末韻云雙蛾爭似庭前柳臘盡春來又放舒眞欲與文姬羽仙輩爭長

朱氏海昌人過吳虎丘山題詩壁上云梵閣憑臨入紫霞憑欄極目渺無涯天連淮海三千里煙鎖吳城

十萬家南北舟航搖落日高低丘隴接平沙老僧不管興亡事安坐蒲團課法華

金陵妓者徐氏亦有文藻作春陰詩末韻云楊花厚處春陰薄清冷不勝單裌衣亦爲清唱

鮑賽賽辰州人年十五隨父耕畬歸遇虎攫父去賽賽操刃追之相持良久竟斃于虎又沅陵縣民吳永華女名六女年十三與姊入山采薇遇虎攫姊去六女操杖追之虎俯首閉目若伏罪狀姊乃脫竟殁太守聞而嘉之賞以米帛

物異

弘治甲寅遼東大風晝晦雨蟲滿地黑殼大如蠅次年乙卯長沙旱苦竹開花楓樹生李實黃連樹生王瓜苦藚萊開蓮花七日而謝又歲丙辰三月叙州楠樹生蓮花五十餘朶李樹生豆莢茗茗滿枝

弘治甲子蘇州崇明縣民顧氏家鷄胎息一物猴頭餘悉如人狀長四寸許有尾蠕動而無聲是歲海盜作

弘治庚戌歲武昌城中飛鴉銜一囊市人競逐之囊

墜啓視之火礫五枚歘然躍出是歲武昌災者三黄
州災漢陽災
弘治辛酉元日朝邑地震如雷城宇摵落者五千三
百餘所偏地竅發如甕口或裂長一二尋湧泉泛溢
幾成川河迄望夕猶震搖不息人民逃散
弘治戊午夏六月十有一日姑蘇錢塘二郡川湖池
沼水忽騰沸高可二三尺良久始復是歲温州泰順
縣左忽有一物橫飛曳空狀如箕尾如箒色雜粉紫
長數丈餘無首叫若沈雷從東北去修武縣東岳祠

北忽有黑氣聲如雷隱隱墮地村民李雲往視之得
溫黑石一枚良久乃冷
鄒𠑽爲蕭山令性苛暴有何御史者老于家𠑽殺之
其子求爲報讐𠑽嘗飲一玉杯甚愛之一夕置几上
杯忽自躍墮地而碎𠑽惡之明日難作
想文無錫人弘治巳酉秋赴應天試几上筆忽自躍
是歲魁榜第二人
弘治中濼陽民家牛產一麟初不爲異偶過廨宇見
壁上畫麟始大驚悟俗謂麟能茹鐵糞金遂以鐵灌

之而斃後獻其皮於鎮府鎮府貢于庭兩脇有甲毛從甲孔中出角栗形纔及犬大崇明民家于海中設網忽獲一獸如犬黑色置家池中善盜魚患之驅而入海行甚捷海水爲之披躍乃知爲犀也

異林終

吳中故語

本郡楊循吉撰　祝允明校閱

太傅收城

勝國之末太尉張士誠據有吳浙僭王自立頗以仁厚有稱於其下開賓賢館以禮羈寓一時士人被難擇地視東南若歸自是稍能羅致名客如張思廉陳惟允周伯琦輩皆在焉及　大朝行弔伐之誅羣雄稽顙而士誠獨後至勤　王師鐘鼓聲伐螳臂自衛天下笑之當是時太傅中山武寧王實爲元帥以長

闔閭城城中被困者九月資糧盡罄一鼠至費百錢鼠盡至煮履下之枯葦以食于時城中士卒登垣以守多至亡沒士誠聚尸焚于城内烟焰不絕哀號動地武寧圍久不克或有獻計者曰蘇城蓋龜形也六處同攻則愈堅耳不若擇其一處而急攻之乃可破也會士誠之親信李司徒者亦密遣人至軍前納欵武寧王乃引兵從閶門入士誠募勇士十人號曰十條龍者皆執大杖出戰死焉武寧乃入不戮一人時信國公以城久不破怒若城下之後二歲小兒亦當

斫爲三段時信國引兵從葑門入過城中士女必處以軍法武寧聞之急使人捧令牌迎信國軍曰殺降者斬信國軍乃止士誠聞城破其母作淮音語士誠曰我兒敗矣我往日道如何士誠乃悉驅其骨肉登齊雲樓縱火焚之而已獨不死曰吾救一城人命乃就縛俘至都下李司徒者得以鼓樂迎導遊城三日意謂必得重賞乃竟正丁公之戮焉李司徒故宅今吳縣學宮是也其墓在九龍塢亦被發掘久矣初葑門以信國之入至今百載人猶蕭然武寧入閶門故

今民物繁庶餘門皆不及也迹士誠之所以起蓋亦乘時喪亂保結義社泛海得杭遂止於蘇觀其在故元時貢運不絕亦固知有大義者獨恨不能如吳越錢俶王之獻土以取覆滅哀哉然蘇人至今猶呼為張王云

魏守改郡治

蘇州郡衙自來本在城之中心僭周稱國遂以為宮頗為壯麗元有都水行司在胥門內乃遷衙居焉及士誠被俘悉縱煨焰為瓦礫荒墟方版圖始收茲地

高皇擇一守未愜蒲圻魏公觀方以國子祭酒致仕將歸　上親宴餞於便殿得平蘇之報因酌酒留之曰蘇州新定煩卿往治蒲圻遂領蘇州時高太史季迪方以侍郎引歸夜宿龍灣夢其父來書其掌作一魏字云此人愼勿與相見太史由是避匿甫里絕不入城然蒲圻愛被殷勤竟遂棄寐告爲忘形之交然未有驗蒲圻碩學夙充性尤仁厚貴臨之久大得民和因郡衙之隘乃按舊地而徙之正當僞宮之基初城中有一港曰錦帆涇云闔閭所鑿以游賞者久已

壇塞蒲圻亦通之時右列方張乃爲飛言上聞云
蒲圻復宮開涇心有異圖也時四海初定不能不關
聖慮乃使一御史張度覘焉御史至郡則僞爲役人
執搬運之勞雜事其中斧斤工畢擇吉構架蒲圻以
酒親勞其下人予一杯御史獨謝不飲是日高太史
爲上梁文御史還奏蒲圻與太史並死都市前工遂
輟至今郡治猶仍都水之舊僻在西隅堂宇偪側不
稱前代儀門下一碑猶是都水司記可徵也而僞吳
故基獨爲耕牧之塲雖小民之家無敢築室其上者

惟宮門巋然尚存蒿艾滿目一望平原而已然數年之前猶有拾得箭鏃與金物者近亦無矣

嚴都堂剛鯁

嚴德明在洪武中爲左僉都御史嘗掌院印以疾求歸發廣西南丹充軍面刺四字曰南丹正軍後得代歸吳中居於樂橋深自隱諱與齊民等宣德末年猶存西軍之過暴苦民家公奮手毆之西軍訟于察院被逮時御史李立坐堂上公跪陳云老子也曾在都察院勾當來識法度底豈肯如此李問云何勾當嚴

公云老子在洪武時曾都察院掌印今堂上版榜所稱嚴德明者即是也李大驚急扶起之延之後堂請問舊事歡洽竟日而罷後御史繆讓家宴客教授李綺上坐致公作陪公時貧甚頭戴一帽已破用雜布補之綺易其人見公面上刺字憐而問之云老人家何事刺此四字公怒因自述老子是洪武遺臣任僉都御史不幸有疾蒙恩發南丹今老而歸且曰先時法度利害不比如今官吏綺亦大驚拜而請罪因退避下坐前輩朴雅安分如此聞之長者洪武時吳中

多有仕者而惟嚴公一人得全歸焉今其子孫不聞如何也然當公在時已埋沒不爲人所知況其後乎

況侯抑中官

蘇州古大郡也守牧非名公不授載見前聞自入我朝魏公觀以文化爲治姚公善以忠烈建節赫如也自時厥後乃得況公鍾焉公本江西人實姓黃氏初以小吏給役禮部司僚每有事白堂上必引公與俱有所顧問則回詢於公以答尚書呂公震奇之因薦爲儀制主事　仁宗賓天　宣宗在南京當遣禮官

一人迎　駕衆皆憚行呂尚書以公就命公挺然出曰是固非我不可鋪馬馳七晝夜至南京　駕發公紗帽直領芒鞋步扶販轎行千餘里不辭其勞　宣宗憐之　勑令就騎每至頓次則已先謁道左　宣宗由是知其忠勤可用時承平歲久中使時出四方絡繹不絕采寶幹辦之類名色甚多如蘇州一處恒有五六人居焉曰來內官羅太監尤久或織造或采促織或買禽鳥花木皆倚以剝民祈求無藝郡佐縣正少忤則加搒撻雖太守亦時訶責不貸也其他經

過内宦尤横至縛同知刖於驛邊水次鞭笞他官動
至五六十以爲常矣會知府鈌楊文貞公以公薦而
知蘇州有内官難治乃請　賜勑書以行文貞難其
事不敢直言乃以數毋字假之以柄下車之日首謁
一勢閹于驛拜下不答歛揖起云老太監周不喜拜
且長揖既乃就坐與之抗論畢出麾僚屬先上馬入
城而已御轎押其後由是内官至蘇皆不得撻郡縣
之吏矣來内官以事杖吳縣主簿吳清況聞之徑往
執其兩手怒數曰汝何得打吾主簿縣中不要辦事

只幹汝一頭事乎來懼謝爲設食而止於是終況公之時十餘年間未嘗罹内官之患也然況公爲政特尚嚴峻故時有以輕罪而杖死者御史某巡按在蘇況適過交衢中拱手而過不下轎徑去人乃嘶之競以爲謗故久抑遏不遷至九年復爲留守卒官然蘇州至今風俗淳良則皆其變之也至於減三分糧當一代軍則其惠澤之在人者不小也然其初非呂尚書之薦　宣廟之知楊文貞之助則安得如是而九年之間使不滿而他徙則其政未必告成若此也郎

中引與之俱逸其名不耻下問以逹其下亦賢矣哉

錢曄陷楊貢

錢曄常熟之富人也入貲得授浙江都司都事豪壓一邑知府楊貢訪朱漢房御史曄在焉衣服鮮美而語言容止並復都雅貢敬之既去問得是貲官貢始悔恨曰此吾部小民何敢與吾坐乎惡之曄之寓舍在泰伯橋下先是指揮何某呼角妓數人供宴舟載經曄寓過曄亦方筵客截而有之何由是銜曄至是每短曄於貢貢既深惡曄得何言益怒於是以事收

之下府獄吳人大喜貢具本馳奏瞱之輩如劉以則等數人皆大家也平日相結爲友見瞱敗有齒寒之懼各助瞱銀五百兩必欲勝貢瞱家僮奴數百人多有有智能者貢之本既發上道瞱家人隨焉詐爲附舟者與齋本吏一路游處卒賂之發封竊視盡得其所奏情罪辭吏先往預以本進焉一一皆破貢所論者也後三日貢本始入同下巡撫都御史鄒來鶴推勘鄒特欲扶瞱故遷之以貢難抑不敢決初瞱之在獄獄囚夜反知縣聞人恭白貢請乘勢棒殺瞱貢不

肯曰是何得好死獄中貢意蓋欲顯戮曄并沒其產也及鄒既爲曄獄久未成曄遂使人以貨謀於權貴乞同提至京理對於是貢與曄皆就逮北行初將朝審時方嚴寒曄賂校尉五更已縛貢縛繩至骨又不與飲裸凍欲僵莫能發一語曄則飲酒披裘至臨入始一縛焉於是貢辭不勝貢至刑部尚書某曰楊知府汝作街頭榜用牌兒名綴語此時已天奪汝魄矣尚何言初曄進本自署浙江都司都事至是刑部覆不言貢以知府按曄事但言以都事與知府詰奏事

勢相等又曄與貢亦交有所論於是論貢與曄皆爲民吳人冤之貢誠清苦無所私其收曄亦深欲抑强而自立也公不勝貨事遂以壞惜哉然於貢亦何損焉當時僉事湯琛賦一詩紀之葢幾千言語雖鄙俚皆述實也詞多不載貢既去郡貧甚還家布衣破帽教授以自養近始卽世曄無子亦老死家中將死前月餘所乘馬尾一旦盡落人謂絶後之兆方曄盛時其享用等封侯園池之勝葢爲江南甲冠嘗於池中築一亭每月宴客則登焉客既集則去橋不得輒去

亭皆四空嫌日色蒸照則取大方舟實以土上種名花作高屏覩日所至牽而障焉

王文捕許妖

許道師尹山之小民也善房中術以白蓮教惑人欲鈎致婦人爲亂有傳道者數輩事之以爲神佛遂鼓動一境皆往從焉其人居一室中人不得妄見以五月五日取蜈蚣蛇蠍壁虎等五種毒物聚置一甕中閉而封之聽其相食最後得生者其毒特甚乃取而刺其血和藥浸水貯之令婦人欲求法者必令先洗

其耳亦不爾不清淨不可以見佛洗後入室金光眩然妄見諸鬼神相愚無知者於是深信之以爲誠佛也道師坐一大竹籃中令婦人脫衣抱持傳道婦人不肯者則請令小兒摸其勢果若天閹者於是競不疑之及親體則迫而淫焉婦人或聽或不聽無不被汚而出不敢語人故其後至者不絶有沈三娘者與之淫尤密毎招村之婦女來傳法則並汚之惑者既衆恒所聚人亦幾百數時都指揮翁某新至欲以此立功求陞百戶李慶贊之遂白都御史王文張皇其

事文將以賑濟在蘇亦有喜功心三人議遂合乃發衛兵五百人往收之知府汪澥指揮使謝某坐中軍李慶爲前哨妖黨初但以淫人故爲左道實未敢爲叛也至是懼死乃相率遁去居田野中其類惑之者執竹鎗田犂之器衛之許道師坐一石上衛兵列陣而對之其黨曰汝軍家勿動吾師少誦一呪則汝等來者皆死衛兵惑之果欲反走中一卒曰賊首坐在石上何難擒也馳突前至道師所執其衣領擒之餘皆盡縛無脫者蓋將三百人焉皆以檻車載送捷上

尚書于謙在兵部深知其飾功止特奏陞翁一級餘並不遷賊首置極典連誅者三四十人沈三娘者亦在焉後李慶進本自陳其功乞遷官于尚書立案不行慶爭曰若如此則使他日有警人不肯用心也于曰吾杭州人豈不知此事僞耶令一士執一人遂謂之討叛乎遂罷詐妖之罪自是滔天不容誅矣然其間田野愚夫有一時無知相從者因三人有遷官之心遂使三百人皆以大辟死誠何心耶後文被誅翁亦縊死李慶之二子皆爲盜死獄中亦報施之不爽

也已

三學罵王敬

成化癸卯之歲太監王敬以采辦藥材書籍至江南所至官司無不望風迎合任其意剝取財貨無敢沮者於是民間凡有衣食之家悉不自保惴惴朝夕又有一種無賴小人投附其中悉取富人呈報或以償其私怨敬既恃其權奸於是大肆厥惡至及於士類先在杭州時使士子錄書或不如意則出梵經使鈔之得賂而止至蘇復以子平遺集要三學筆錄其多

至千餘卷初每生給錄一帖凡錄數百帖與之矣時方近秋試復以紙牌呼集諸生諸生知其意復欲抄書不往敬怒使人督促三學學官學官不得已率諸生往見于姑蘇驛敬時坐堂上其副曰王臣者立其傍王臣本杭之無賴甞得罪當死有邪術能爲木人沐浴跳踉于几上夤緣進上遂得寵用是行實其計敬之爲惡大抵皆斯人爲之敬特爲之尸而已時敬見諸生至責曰何不肯寫書衆合辭對向來已寫訖敬曰昨日飯今尚飽耶遂欲笞學官諸生乃大譟呼

其在門下者皆入指敬面而罵之敬起而復坐不能爲進退荒忙失措仰面偃肩于座上聽其罵其部下軍校執杖擊諸生走出驛門遇市薪二束各執之反擊軍校皆散走王臣知不敵遁入舟中衆又從而逐之有鄭五者都下惡少亦王臣黨也被執至城門下閙門而毆之幾死時三學生徒及其家僮僕幾百人既散去明日敬召知府劉公瑀泣而愬之以爲計使諸生罵之劉公跪拜乞罪出而訪求罵者自三學乃一時恃其衆多以所訪十七人及諸生皆引見敬王

臣時在側乃極口詆訶諸生不知何人悉以諸生陰短報王臣臣悉發之衆大慚而出劉乃引罵者笞于皇華亭下各二十具數而已劉次日召諸生責之曰王敬家有三條玉帶汝輩小兒何能與之抗且說永樂間秀才罵內使皆發充軍汝謂無紅船載汝輩耶恐械至臨清則俱死爾長洲學生戴冠獨抗對曰死生有命如何怕得遂罷然諸生又有自書其輩名字詣敬首告者益爲敬所窺薄焉方罵時巡撫都御史王公恕適至公嚴峻剛方特爲天下具瞻平生恒不

喜閹貴至此諸生懼罪哀訴焉公曰旣巳罵訖今無如之何且俟其歸必作奏亦不過行巡撫巡按處耳今且勿譁諸生大失望然不知王公密奏巳達矣後敬至　闕下果以諸生事上至動　震怒果下巡按推治時敬勢方張未敗也諸生又往告王公王公曰此人耳目至多蘇州南北交往之地兼有二豎在此（謂織染局有太監二人）旣曰推治安得不笞朴松江僻靜吾巳與御史言送彼中獄矣巡按時爲張公淮亦號有風力不肯承旨重繩諸生以是得無苦然張公亦且未

敢決其事持兩可之説以待會王敬等事敗下獄張公乃上其事得旨未減焉初敬出時氣焰薰天諸生以士子罵之與古人烈烈者何異惜其後更無挺然自當敢出數語與此輩辨曲直者俯首帖耳反敗儕輩之事抑何前後之不類乎惜哉聞諸四方可笑也古之爲忠義志定於平日而氣發於一時彼無根之怒豈可一旦而施之遂以徼取忠義之名乎若然則陳東輩遍天下皆是也當時好事者遂傳以爲吳中士子美談不知乃一時之氣耳豈不過哉

此卷有裨史學黃氏吳記祝氏猥譚鄙褻馳頗遠

不及也顧嘉慶識

吳中故語終

權子

楚黃耿定向著　江盈科閱

志學

昔文恭羅先生遊楚楚士有就而受學者先生曰譖蔽也久矣世不省學爲何事曾有人士歆道學之聲而慕學之者日行道上賓賓張拱跬步不踰繩矩久之覺憊呼從者顧後有行人否後者曰無乃弛恭率意以趨其一人足恭緩步如之偶驟雨至疾趨里許忽自悔曰吾失太足容矣過不憚改可也乃冒雨還始

趨處紆徐更步過焉夫由莽言之作輟以人僞也由後言之則迂甚矣志學者須祛此二障而後可

吾師

商季子篤好玄挾貲遊四方但遇黃冠士輒下拜求焉偶一猾覬取其貲紿曰吾得道者若第從吾遊吾當授若季子誠從之遊猾伺便未得而季子趣授道一日至江滸猾度可乘因紿曰道在是矣曰何在曰在舟檣杪若自升求之其人買貲囊檣下遽援檣而升猾自下抵掌連呼趣之曰升季子升無可升忽大

悟抱檣歡呌曰得矣得矣猾摯背疾趍季子旣下猶歡躍不已觀者曰咄癡哉彼猾也摯若背去矣季子曰吾師乎吾師乎此亦以教我也

良知

昔陽明先生居羣弟子侍一切來學士葢愚騃人也乍聞先生論良知不解卒然起問曰良知何物黑耶白耶羣弟子啞然失笑士慙而報先生徐語曰良知非黑非白其色赤也弟子未喻先生曰其徵于色者固良知也

致知

昔杭城元宵市有燈謎云左邊左邊右邊右邊上些上些下些下些正是正是重些重些輕些輕些蓋搔癢隱語也陽明先生聞之謂弟子曰狀吾致知之旨莫精切如此小子默識之

性命

里中一庠士少嫺于文而湎酒中年兩目困酒幾肓以致偃蹇其伯兄名公也謂之曰弟具才美失利第一日故慎自愛止酒不御可也庠生對曰兄教謬哉

目則目耳酒吾命也柰何止爲一目欲吾舍此命耶
又一老友相訪時同志十數輩在座老友卒然問曰
先生往與諸友論學以何者爲性命師時漠然未應
仲子蹙然起曰善哉是問蓋切問也世俗嘲嗜酒者
以酒爲性命嘲積財者以錢穀爲性命嘲樂貴競進
者以官爵爲性命皆常言也觸類而思吾儕爲學必
有所爲性命者試各自反思之座中同志有省

說謊

一友素愿謹嘗謂不妄語乃良知也心齋先生欲開

其悟爲言曰說謊亦良知友愕然曰如此論良知誤天下矣頃之有縉紳投刺謁請者閽吏以報友語閽吏曰善辭之謂余他出心齋徐詰之曰子以說謊非良知今何故說謊友大悔自咎曰吾過矣心齋曰無望自咎時說謊亦良知也友大不然心齋曰昔孟子曰不可以風非說謊耶友始少解昔東廓先生寓其所與同志論學適有士紳來造請座中同志令閽吏託詞謝之東廓先生曰公等此處皆是放過令閽吏還更其詞曰余在是請以見

畫一

仲子嘗遊山中偶過田夫家覩其壁柱或畫一或畫一纍纍若易爻然因問之其人對曰儂不知書畫此識數耳一畫一石一畫則半石也仲子曰嘻孰謂易義精微哉庖羲初畫亦止若是耳

測字

宋季有謝石者善測字高宗微行過之書一問字令測石思曰左看似君右看亦似君殆非凡人耶疑信間請再書一字高宗以杖即地畫一字石曰土上加

一王也是吾君王乎遂拜伏高宗既歸招而官之後
秦檜當國時高宗書一春字命測之其上半體墨重
石奏曰秦頭太重壓日無光檜聞而銜之中以危法
編管遠州道遇一老人于山下亦善測字石就之書
一謝字求測老人曰子于寸言中立身術士也舉掌
令更書以卜所終石書一石字老人曰凶哉石遇皮
必破遇卒必碎矣時押石之卒在傍而書字在掌中
故云石大款服請老人作字測為何如人老人曰郎
以我為字可也石曰夫人而立山傍子殆仙哉乃下

拜願執弟子禮請益曰吾術似無滅先生乃先生褒然仙矣而吾兹不免塵網何也老人曰子以宇爲宇吾以身爲宇也

好光景

一衲子捧鉢來盱江近溪羅先生遇之甚謹居數年一日辭去近溪把其手請曰和尚慈悲今别我去願一言濟我衲子曰没得說你官人家常有好光景有好光景便有不好光景等待在俺出家人只者這非等近溪爽然會心伏地數十頓首以謝

拾金

有牧豎子敝衣蓬跣日驅牛羊牧于坰閒時倚樹而吟時扼隘而歌熈熈然意自適也而牧職亦舉一日拾遺金一銖納衣領中自是歌聲漸歇牛羊亦散逸不優矣又燕市一瞽子傭爲人作麪且磨且羅中夜作苦浩歌自如一夕主妻慼慨蹴主公謂曰阿公徹天頗饒于貲覗瞽傭奚若乃終生營營反不逮渠之適何也主人曰唯唯吾第試之翌日瞽請發廩取麥主人故置金鋌麥中時從旁伺之瞽領麥磨上忽聞

鏗然聲手挾拾之以爲遺也懷之踧踧色動凝佇躊躇竊四聽無人聲乃痼之牀下時作時徃躡之自是歌輟作亦不力主乘閒發取其金聲不知也踰時瞽辭主人欲去主人佯許之瀕行即地取金亡矣𡨋然自喪乃復跪懇求復爲傭云

一志

留都一道士溧陽人也以募葺茇宮作橋梁爲功行貲産累數千盡齎之爲倡而躬茹苦以督工作日飲一糲即醯鹽不御也宗伯聞而禮致之令募修朝天

宫宫成宗伯嘉賞擬牒授一秩勞之懇辭不受時百工從而受役者以千計咸茹苦如道士不受一值亦無媮惰富室人爭輸財者累鉅萬道士曾不一目攝羣從弟子亦無乾沒分毫者梁生嘗就而問曰汝遵何德而得衆心若此曰吾第一志累吾功行耳它何知厥後道士稍繫念一孫冀就博士藝含意未發百工羣從一日散去

假人

人有魚池苦羣鷁竊啄食之乃束草爲人披蓑戴笠

持竿植之池中以懾之羣鷀初回翔不敢即下已漸審視下啄久之時飛止笠上恬不爲驚人有見者竊去芻人自披蓑戴笠而立池中鷀仍下啄飛止如故人隨舉手執其足鷀不能脫奮翼聲假假人曰先故假今亦假耶

家語

吳中有一老故微而窶初弄蛇爲生其長子行乞次子釣蛙季子謳采蓮歌以丐食晚致富厚一日其老聚族謀曰吾起家側微今幸饒于貲須更業習文學

方可掘家聲也于是延塾師館督令三子受業踰季塾師時時譽諸子業日益其老乃具燕集賓延名儒試之名儒至則試以耦語初試季子云紛紛榴絮飛季子對曰哩哩蓮華落繼試仲子云紅杏枝頭飛粉蝶仲子對曰綠楊樹下釣青蛙卒試長子云九重殿下排兩班文武官員長子對曰十字街頭叫幾聲衣食父母其老竊聆之咤曰阿曹云云猶舊時所弄蛇家語也

學如是

有郢更者自少從事于學行年八十平生無疾言遽色一歲以貲產故與兄訟對簿公庭出語其徒曰吾時即對簿氣亦未動學當如是也更晚年益矍鑠有以賄浼請託者自遠徃謁公府一夕無疾端坐而化于里舍其徒咸異之謂學者有得如此云

自貞

市有不貞之婦初家帷薄之詬赧然內愧欲死已或詬之則猶俯首至羞澁也久之抗顏與人鬭詬悍然不顧已人或挑以目或躡足而揣其股則猶嘻嘻自

明日吾心自貞疇能涴我

習沒

蘇文忠曰南方多沒人日與水居也三歲而能步十歲而能浮十五而能沒矣夫沒者豈苟然哉必將有得于水之道者日與水居則十五而得其道生不識水則雖壯見舟而畏之故北方之勇者問于沒人而求其所以沒以其言試之河未有不溺者也

常不輕

嘗有一比丘名常不輕不專誦經但見諸比丘皆禮

拜讚歎云我深敬汝等不敢輕慢汝等當得作佛遠見四衆亦復如是四衆中或生瞋恚惡口罵詈言汝是無智比丘從何來與我等授記當得作佛我等不用如是虛妄授記如此經歷多年常被罵詈不生瞋恚四衆或以瓦石杖木擊之避走遠住猶高聲唱言我不敢輕汝等汝等皆當作佛云云人爲其常作是語故號爲常不輕久之憎上慢衆輕賤是人者信伏隨從咸證菩提

恢復

晉五臺山佛教文殊氏弘法處也迄隋唐末梵宇麗甚某歲爲巨賊所據寺僧悉散去嗣一行腳過此覩之愴然奮曰斯吾祖師道場也而忍沒爲賊虜巢耶乃矢志爲恢復謀荷杖徒步走薄海內擬結僧緣以千計許志者輒裂巾爲盟而去期以某歲月日共至某所舉事至日是千人者果畢至無一後期者爰出方略戮力驅殺賊衆遂復其地糞除梵宇居衆僧已延訪僧臘中有德者登壇說法其中而已首率諸僧執弟子禮受法云

眼孔上

一歲都下爲同志會高陽叔子與焉歸語師曰近日竊觀諸講良知者其良知第在口吻皮上耳師曰云何叔子曰時會中一友首倡云良知在未發前識取功先主靜一友辯云良知須悟當下生機二友嘵嘵爭辯久之吾觀言主靜者時中已大動言悟生機者其微大由勝心是殺機非生機也若是良知安在哉維時近溪子從中怡怡分解形就心和身上似有些子耳師哂曰諸良知在吻皮近溪在身上爾時良知

郤在眼孔也叔子慙巳近溪聞之噱曰良知發對眼孔上亦大難矣身上不可謂無有也

絶技

昔伯牙學琴于連成子盡其技矣而未得其妙也疑連成子有隱叩之不巳連成子無以應第率之同居海島中無何成子託迎其師子春刺船而去留牙獨居牙日見海水澒洞山林杳冥殆非人境忽然神解援琴而鼓盡得其妙世稱絶技云

三驗

中和里僻陋也居民多老死不見官府相傳里中有三駃云其一赴縣應里役晨起族長趣偵令出視事未時令方釋圓領袍服褡䕶據案而坐駃子從𦆵屛遥覘一過忙忙歸報族長曰官人未出惟夫人坐堂上耳族長譙曰豈有是哉駃子曰吾覿坐堂上者上服綠披袖而下紅裙非夫人誰耶葢遥瞻案帷爲女裙而因以褡䕶爲披袖也其一爲郡吏長吏令入署承篆駃吏直入守臥内守夫人方在沐駃吏啟戶揺手屬夫人授篆夫人大驚尩避使人白守守怒朴之

駭吏起捫其髀恚曰是何人家卽犬無一吠者耶其
一直郡筦庫郡守退食駭子從旁睨之出大詑語其
兄曰原來官人喫飯亦與凡人同也兄呵之曰咄官
人非人耶

度師

昔呂純陽受學于雲房鍾子鍾子故爲諸幻景歷試
之初以榮貴綬色諸世所歆豔者而呂不動繼以寇
兵患難疾病諸苦楚不可忍者而呂亦不動雲房子
猶未卽授也一日呂子涕泣請曰弟子從先生遊三

紀于茲諸難傳嘗矣乃師竟祕不授將某非其人也鍾子曰余視子履似亦可語顧子功行未累也呂曰何修而功行乃累鍾子曰須金百萬博濟于世始得呂曰弟子窶人何從辦此鍾子曰余有丹藥可化銅鐵為金子第懷此博施慎勿泄也呂子請曰是金卒當變否鍾子曰須三千歲後還本質也呂子愀然跪曰如此則悞三千歲後人矣功行之謂何鍾子悅曰善哉即此一念長生久視道在是也呂子豁然悟跽然懌已蹷然起曰師道易易若是吾將廣師旨普度

世迷可乎雲房子曰汝試爲之于是呂子悉以所得旨授人計所度者無慮數千人乃復化身爲極貧苦狀行乞于諸所度者之門是數千人者十去二三又化身爲横遭仇誣械繫俘囚而過諸所度者之門則數千人者十去六七已又化身爲重罹疾病纍纍骨立而過諸所度者之門則數千人者一旦去之盡巳呂子失意悵然而歸偃息河濱樹下雲房子化身一叟過而訊之呂子語以故叟曰吾非若類比時老且衰百念俱灰自矢可身相許矣願依子終身可乎呂

喜晚得叟即許諾負之渡河以歸至河中始悟其爲師驚訝曰嘻師惟度我我惟度師耶

亂撞鐘

一招提中畜犬百十數東西蘭若輪叅之以鳴鐘爲號每東鐘鳴則犬就食東西鐘鳴則犬就食西習以爲常一日諸小僧計戲羣犬初東廡鐘鳴羣犬將之東西廡鐘忽鳴羣犬羣然反西未至東鐘復鳴羣犬又欲之東而西鐘又鳴羣犬又錯愕而西顧巳而東西兩鐘襍然齊鳴羣犬徬徨墀中竟莫知所之仲子

顧謂二三友曰試爲犬謀若何而可諸友未解浮光官子曰犬能一反思昨豢東今應豢西昨豢西今應豢東自不眩昏于鐘聲矣仲子曰否否官子默然良久忽噱曰吾謀本是子故亂撞鐘也師頷之

假物

海之渚有海鏡焉其腹虛洞無臟惟中藏蟹子小如黃豆而螯其足海鏡饑則蟹出拾食蟹飽而鏡亦飽或迫之火則蟹出離腸腹而海鏡立斃矣彼其所爲斃者以所假在外不在內故也水母者亦出海中胚

渾凝然而絕無眼常有數蝦寄蹲腹下代爲之眼蝦行而行蝦止而止一日波蕩蝦離而水母竟躓死泥沙彼其所爲躓者以所假在物不在已故也

假托

南海之濱有鼉市焉鼉暴背海隅邊幅廣修不知幾百里也居民聚爲石洲漸剏茅茨鱗列成市亦不知何時也異時有穴其肩爲鐵冶者天旱火熾鼉不勝熱怒而移去沒者凡數千家東海之濱有蜃闕焉蜃居海中吐氣則結成城墉樓臺人馬五色縹緲出煙

霧之高鳥倦飛就棲輒墮氣中竟以溺死

燈炬

淮北蜂毒尾能殺人江南蟹雄螯堪敵虎然取蜂子者不論鬬而捕蟹者未聞血指也蜂窩于土或木石人蹤跡得其處則夜持烈炬臨之蜂空羣赴熖盡殪然後連房刳取蟹處蒲葦閒張一燈水滸莫不郭索而來悉可俯拾云

知進

福海有魚曰馬嘉銀膚燕尾鬣用火熏之可致遠常

淵潛不可捕春夏乳子則隨潮出波上漁者用此時簾而取之簾爲數目廣袤數十尋兩舟引張之縋以鐵下垂水底魚過者必鑽觸求進愈觸愈怒觸愈則頰張須鉤若鎮岐者不可脫向使觸網而能退卻則悠然逝矣知進不知退用罹烹醢之酷悲夫

故犯

有獸曰猩猩人面能言笑出蜀封溪山或曰交趾血以赭罽色終始不渝嗜酒喜屨人以所嗜陳野外而聯絡之伏伺其旁猩猩見之知爲餌巴遂斥罵其人

姓名若祖父姓名又且相戒毋墮奴輩計中攜儔唾罵而去去後復顧因相謂曰盍試嘗之旣而染指知味則冥然忘夙戒相與霑濡徑醉相喜笑取屨加足伏發往往顛連頓仆掩羣無遺嗚呼明知之而故犯之其愚又甚矣

顧惜

孔雀雄者毛尾金翠殊非設色者彷彿也性故妬雖馴久見童男女著錦綺必趁啄之山棲時先擇處貯尾然後置身大雨尾濕羅者且至猶珍顧不復騫舉

卒爲所擒又山鷩亦愛重其尾終日映水目眩輒溺
翟雉長尾適雨雪惜其尾棲樹杪上不下食以至饑
死

出頭

有僧居常誦經不輟其徒遊方參悟歸思度其師一
日指櫺閒蠅曰咄不向寥廓奮飛而日汩汩然鑽此
故紙安能出頭其師乃有省

權子終

權子 八 十六